英語核心

動詞 100

快速掌握關鍵語意，百分百提升英語理解力

使用説明
User's Guide

100個核心動詞＋300組常用慣用語＋600句生活例句，
有效提升英語聽説能力。

Point1

動詞變化表，一目瞭然，
學習一次到位。

allow 允許

第三人稱單數	現在分詞
allows	allowing
過去式	過去分詞
allowed	allowed

動詞變化

Point2

常見片語動詞及詳盡解析，一網打盡

① **play with fire** 做危險的事

· She has been **playing up to** the boss because she wants a promotion.
她一直奉承老闆，只因為想要

· Jimmy wants to
...ght be flunked
...結老師，因為他

② **play a role in** 在……中扮演角色

* 動詞解析

...若就字面上來看
...」的意思。
諛奉承、巴結、...

③ **play up to** 巴結、奉承

Point 3

❸ **enter into** 訂立（合約）

· They **entered into** an agreement - no pets in this house.
他們訂立了協議，房子裡不能有寵物。

· We finally **entered in** to a contract.
我們終於訂立了合約。

Point 4

外師親錄語音檔，口説聽力一次鍛鍊

Track 037

enter 進入

| 第三人稱單數 | 現在分詞 |
| enters | entering |

全書音檔雲端連結

因各家手機系統不同 ， 若無法直接掃描，
仍可以至以下電腦雲端連結下載收聽。
（https://tinyurl.com/739ht79p）

作者序
Preface

　　有人說：「動詞，是一句話的靈魂！」

　　的確，說到英文動詞的重要性，絕非一時半刻說得完的，其必要又無可取代的存在，甚至能從動詞在文法書上多於其他詞性的版面略知一二。

　　動詞是一個表達動作跟狀態的基礎用語，沒有了動詞，連最簡單的日常問候都說不出口。再者，動詞能從簡單的原形開始，變化出更多種表達方式，例如：動詞的時態變化能指出動作發生的時間點、動作持續的時間；動名詞和不定詞能表述動作的目的性和功能性；動詞加上不同的介係詞，能延伸出完全不同意思的片語動詞和慣用語，是英語母語人士經常使用的詞語……只要學習並建立片語動詞庫，就能提升英語流利度。

　　簡言之，動詞是英文表達的精髓，亦是學好英文的靈魂要角，只要徹底了解其用法，就能順利溝通、輕鬆閱讀！本書精選100 個最常用的動詞開始，根據時態變化、延伸用法一一介紹，並搭配生活情境例句練習，讓你更能靈活運用動詞各種表達方式；再搭配清楚易懂的精準解析，一針見血地說明動詞的變化、使用時機、應用與典故，學習不混淆、不誤用，程度定能高人一等。

　　想要打好英文基礎，就從100個核心動詞開始，不貪多、不貪快，更不需刻意、勉強的為自己加油打氣，請以最適合自己的學習節奏與計劃，只要每天持續以恆的學習，一定百分百能提升英語力！

目錄
Contents

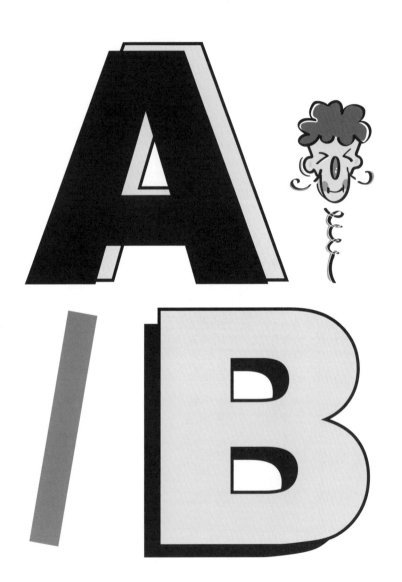

☞ add

☞ allow

☞ answer

☞ ask

☞ back

☞ break

☞ bring

☞ bump

音檔雲端連結

因各家手機系統不同　，若無法直接掃描，仍可以至以下電腦雲端連結下載收聽。

（https://tinyurl.com/yeuunh6r）

add 增加、添加

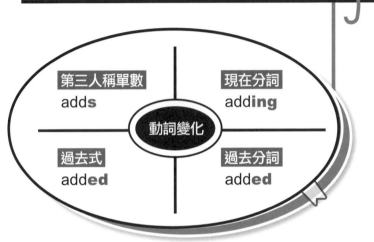

第三人稱單數
adds

現在分詞
adding

動詞變化

過去式
added

過去分詞
added

 常見用法

❶ add to 增加到……

· He **added** sugar **to** the soup, which made the soup more delicious.
他將糖加到湯裡，讓湯更好喝了。

· If you **add** some salt **to** the coke, the coke will taste like root beer.
如果你將鹽巴加到可樂裡，他會喝起來像沙士。

＊動詞解析

add sth. to 就字面上的意思就可以猜出他是「將……增加到……」的意思，通常 add sth. to 這個片語後面接的都是比加上的東西體積、容量或是尺吋還要大的物品。

❷ add up 將……相加

· **Add up** all the money you got and see if it's reasonable.
將你所有的錢**相加**，然後看看合不合理。

· **Add up** 3,4,and 5, you will get 12.
將3、4和5**相加**，你會得到12。

＊動詞解析

add up 就是「將……相加」的意思，是指數字加起來的總數，可以用在加法的用語上，也可以是金額、價錢，或是跟數字有任何相關事物的總相加上面，是很常用的片語。

❸ add that 補充

· After the murderer was revealed, the detective **added that** he was mentally disordered.
在謀殺犯被揭露後，那個偵探**補充道**他有精神錯亂。

· After declaring the new policy, the government **added that** the policy would be implemented this summer.
在宣布完新的政策後，政府**補充**今年夏天會實施這個政策。

＊動詞解析

add 是新增的意思，而後面跟著 that，就有了「補充」的意思，通常 add that 是用於說話者或句子中的對象要對之前提過的事情多做說明，所以才會使用這個片語。

allow 允許

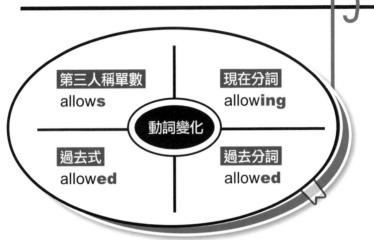

第三人稱單數
allow**s**

現在分詞
allow**ing**

動詞變化

過去式
allow**ed**

過去分詞
allow**ed**

常見用法

❶ allow sb. to do sth. 允許某人去做……

· My mom doesn't **allow** me **to** stay over at friends' houses.
我媽不讓我在朋友家過夜。

· Mary **allows** Jim **to** smoke outside.
瑪莉**允許**吉姆在外面抽菸。

✱ 動詞解析

allow sb. to do sth. 是個很實用也很常見的片語，allow 是允
許的意思，而allow sb. to do sth. 也就如其字面上的意思所
言，就是「允許某人去做……」的意思；另外allow 也可以
替換成let。

❷ allow for 估計；考慮

- We'd better to start earlier; we need to **allow for** the traffic.
  我們最好早點動身，我們還必須**考慮**到交通。

- Though you're confident with your ability, you need to **allow for** your teammates.
  雖然你對自己的能力很有自信，但是你必須**考慮**到你的隊友。

✳ 動詞解析

> allow for 中的 allow 不是「允許」的意思，因為後面接著 for，所以這裡的 allow 變成了「估計」和「考慮」的意思，其用法與consider 這個動詞相同，可參考例句的用法。

❸ allow of 容許……的可能

- The task is so urgent that it **allows of** no hesitation.
  這個任務很急迫，以至於不能**容許**任何猶豫**的可能**。

- She needs things to be done perfectly, so she doesn't **allow of** any flaws.
  她對事情的要求很高，所以他不**容許**任何缺點。

✳ 動詞解析

> allow of 的 allow 雖是「容許」的意思，但如果後面接上了 of，整個片語的意思就會有點不同，而是變成「容許……的可能」的意思，此句用法有點特殊，因此要多加注意主詞和受詞放置的位置，可參考上面的例句。

answer 回答

第三人稱單數
answer**s**

現在分詞
answer**ing**

動詞變化

過去式
answer**ed**

過去分詞
answer**ed**

常見用法

❶ **answer back** 頂嘴、回嘴

· Her mother was shocked when she started **answering** her **back**.
她的媽媽對於她開始**頂嘴**感到很驚訝。

· Don't ever try to **answer** me **back.**
不要嘗試對我**頂嘴**。

＊ 動詞解析

answer back 就字面上的意思來看似乎是「回應」，但其實不然。answer back指的是「頂嘴」和「回嘴」的意思，與「回應」大大不同，所以這個用法要注意，算是特定的用法。

❷ answer for 對……負責；代人發言

· The government should be made to **answer for** their failure to sort out the problem.
政府必須要**對**錯誤**負責**並且解決問題。

· I can **answer for** my partner because I know her position on this issue.
我可以**代**我的同伴**發言**因為我知道她對這個議題的看法。

＊ 動詞解析

answer for 並不是只有「回答」這個意思而已，他也有「對……負責」和「待人發言」的意思。通常當作「對……負責」的意思來用時，後面接的是問題或是錯誤。

❸ answer to 符合

· Does the result **answer to** their expectations?
結果有**符合**他們的期望嗎？

· The scores of my mid-term exam **answered to** the effort I have made.
期中考的分數**符合**我所作的努力。

＊ 動詞解析

answer to 不只是當作「回應」而已，而有「符合」的意思，另外除了「符合」的意思之外，answer to 也可以當作「負責」的意思，例如 I will answer to both of you and your mother. 是「我會對你和你的母親負責。」。

ask 詢問；要求

第三人稱單數
asks

現在分詞
asking

動詞變化

過去式
asked

過去分詞
asked

常見用法

❶ ask after 問候某人（身體情況）

· Andy called last night, and he **asked after** Woody.
安迪昨晚打電話來，他問胡迪**過得怎麼樣**。

· My ex-boyfriend has been **asking after** me.
我前男友一直在**探問**我的身體狀況。

＊ 動詞解析

ask after 通常是在詢問別人的近況，包含身體狀況或是生活
情形，有時候 ask after 也能表達一些禮貌性的關心，同時
有打招呼和問候的意思。

❷ ask sb. over 邀請（某人）到家裡作客

· I found some goblins in my back yard, and I **asked** them **over** for afternoon tea.
我在後院發現了一些小精靈，我**邀請**他們來家裡吃下午茶。

· He's a weirdo. He never **asks** people **over** for dinner.
他是個怪咖，他從來**不邀請大家去他家吃晚餐**。

＊動詞解析

over 作為介系詞的意思有非常多種，這裡的 ask sb. over 算是固定用法。把這裡的 over 想成越過、過來，請某人過來自己的所在位置，當然也只有家裡這個形象會比較具體，所以聯想一下，ask sb. over 就為請某人來家裡作客的意思。

❸ ask sb. out 約（某人）外出

· I tried very hard to **ask** her **out**, and I failed.
我想盡辦法**約她出來**，然後我失敗了。

· I can't believe that he **asked** me **out** to a comic con.
我不敢相信他居然**約我去**看動漫展。

＊動詞解析

ask sb. out 是一個很常見的動詞短語，out 字面上的意思是外面、向外的，當您 ask (要求) 某人到外面，就變成找他出去的意思，所以當你有心儀的對象時，不要猶豫，ask her/ him out 吧！

back 支援；倒退

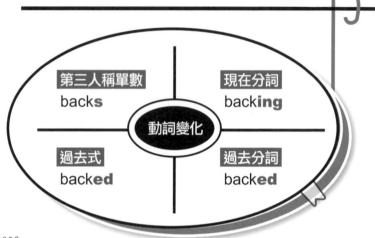

第三人稱單數 backs	現在分詞 backing
動詞變化	
過去式 backed	過去分詞 backed

常見用法

❶ back off 退讓；放棄論點、意見；屈服

· The lion suddenly showed up, it shocked all the zebras and made them **back off** and run away.
獅子突然出現，所有的斑馬都嚇得**讓步**並且趕緊逃跑。

· Every time when Jim and his wife have quarrel, his wife never **backs off** her argument; Jim is always the loser.
每次吉姆和老婆吵架時，老婆從不**放棄**爭辯，吉姆總是輸的那一方。

＊動詞解析

這裡提到 back off 的三個意思其實原意都是差不多的，只要根據上下文就可以判斷 back off 屬於的意思，請記住這裡的 back 當作動詞，是後退的意思，如此就可以延伸到退讓、放棄等等。

❷ back up 支持；備份

· No matter what our teammates have said, we have to **back up** their opinions.
不管我們的隊友說了些什麼東西，我們都要**支持**他的意見。

· I forgot to **back up** my data; I'm done.
我忘了**備份**資料了，我完了。

✳ 動詞解析

back up 中的 back 雖然是當做動詞用，但如果把這個 back 當作有人在你身後，然後 up 當作向上支撐，這時候 back up 就變成「有人在背後向上支撐著你」，換句話說也就是「支持」的意思了；back up 當作「備份」的用法也很常見，往往在使用手機、電腦或是具紀錄功能的裝置時，別忘記 back up，資料才不會通通不見！

❸ back out 退出（協議、計畫）；取消

· The government **backed out** the deal when they saw the risks.
當政府察覺到風險時，他們**退出**這項交易。

· He decided to **back out** the plan, because it would take him too much time.
他決定要**退出**這項計畫，因為太花費時間了。

✳ 動詞解析

這裡的 back out 跟之前的 back off 有點相似卻又不太一樣，back out 當作「退出」的意思通常指的是較大事件的退出，像是大型的協議、計畫或是交易，比較偏正式的用法。

break 打破、毀壞

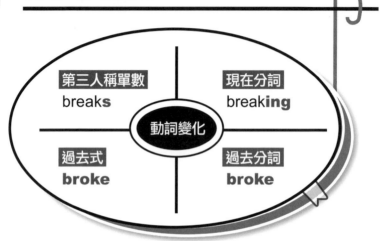

第三人稱單數
breaks

現在分詞
breaking

動詞變化

過去式
broke

過去分詞
broke

 常見用法

① break off 中斷、折斷

· She **broke off** the Snickers and gave a part of it to me;
  she's my goddess.
  她**折斷**士力架的一部份然後分給我，她簡直是我的女神。

· I **broke** my engagement to Jack **off**, because I found his
  affair with his assistant.
  我**終止**跟傑克的婚約，因為我發現他跟他的助理亂搞。

* 動詞解析

break off 可當作折斷的意思，指的是物品或東西的折斷。
而在當成中斷的意思時，指的是合約、協議或是計畫上的中
斷。

② break out 爆發、發生

· The war **broke out** after the president said something stupid.
在總統說了一些蠢話後，戰爭就**爆發**了。

· The government should do something to prevent the flu from **breaking out**.
政府應該做點事來阻止感冒大**爆發**。

＊動詞解析

break out是一個很常出現的片語，有發生和爆發的意思，但切記，break out 通常是指程度和規模較大事件的爆發，像是戰爭、暴動、疾病等等，是較為負面而嚴重的事件。形容一般事情的發生不適合用 break out。

③ break up 決裂、分手；斷掉、碎裂

· The couple **breaks up** at least for a hundred times; every one is so tired of it.
那對情侶至少**分手**一百次，大家看得都累了。

· Because of the earthquake, all his Gundam models fell down from the shelf and **broke up**; he almost cried to death.
因為地震的關係，所有的鋼彈模型從架子上摔下**斷裂**，他簡直哭死了。

＊動詞解析

break up 除了可以表示一段關係的破裂之外，也可以表示學期的結束，例如 School breaks up in the end of June. 表示「學期在六月底結束」，也就是開始放假的意思。另外 break up 也可以形容電話中對方的聲音斷斷續續聽不清楚，例如 You're breaking up in the phone. 就指「你在電話裡的聲音斷掉了。」

bring 帶來、拿來

第三人稱單數
brings

現在分詞
bringing

動詞變化

過去式
brought

過去分詞
brought

 常見用法

❶ bring back 歸還;想起、喚起

· Don't forget to **bring back** my PS3.
不要忘記**還我** PS3。

· The cartoon always **brings** me **back** to the childhood.
這部卡通總是讓我**回想起**童年。

＊ 動詞解析

bring back 當作「喚起」或「想起」時,也可以用 take back 來替換,除了「歸還」的意思之外,也有「帶回來」的用法。

❷ bring about 帶來、導致

· Einstein's Theory of Relativity **brought about** a revolution in science.
愛因斯坦的〈相對論〉**帶來**科學上的革命。

· The inflation **brings about** a lot of problems.
通貨膨脹**帶來**一堆問題出現。

＊動詞解析

bring about 中，about 為「關於」，bring about 就是「帶來一些相關的東西」，也可引申為導致的意思，跟 bring around 的用法大致相同，但是 bring around 除了「帶來」和「導致」的意思之外，也有「使……信服」的意思。

❸ bring up 提出；養育（小孩）

· The candidate **brought up** a silly policy.
那位候選人**提出**了一個愚蠢的政策。

· I was **brought up** in a slum.
我在貧民窟**長大**。

＊動詞解析

bring up，可解釋為將東西向上帶來，可以想像為拉拔小孩長大，進而引申為養育的意思，另外 raise up 也是養育的意思，兩者用法差不多。而當作「提出」時，其用法跟 bring about 和 bring around 一樣。

bump 碰、撞

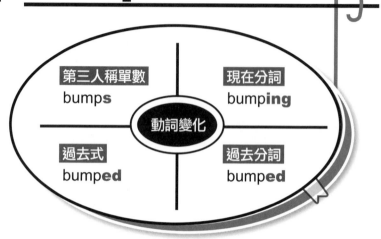

第三人稱單數
bump**s**

現在分詞
bump**ing**

動詞變化

過去式
bump**ed**

過去分詞
bump**ed**

 常見用法

❶ bump into 偶遇、碰見；撞上

· I **bumped into** my ex-girlfriend in Toysrus after so many years.
多年後我在玩具反斗城**巧遇**我前女友。

· I can't believe he **bumped into** a pony on the street.
我不敢相信他在街上**撞到**一隻小馬。

＊ 動詞解析

其實 bump into 不只是有碰巧遇到、撞見的意思，也可以當作「邂逅」來使用，但是當你碰撞到東西（通常是指開車時或大力碰到），bump into 又可以當作「撞上」來用，是個很實用的動詞片語！

② bump off 殺死（某人）

· The drug dealer is in fact **bumped off** by the police.
那個藥頭其實是警方**殺死**的。

· The gang **bumped** him **off** because he couldn't pay off the debt.
幫派份子把他殺了，因為他還不出債。

＊ 動詞解析

這個形容殺人的動詞片語為非正式的用法，通常為口語的説法，較不文雅的翻譯為「幹掉」，不適合出現在正式的書寫中。

③ bump up 提高

· In order to **bump up** the production, the factory asked the workers to work overtime.
為了**提高**生產量，工廠要求工人超時工作。

· They **bump up** the price because the cost has risen.
他們**提高**價格，因為成本上升。

＊ 動詞解析

這裡的 bump up 可以用 increase 和 rise 來替換，通常使用在物價、工資上的增加，或是分數和數字上的提升。

☞ call

☞ carry

☞ catch

☞ charge

☞ chase

☞ cheat

☞ check

☞ cheer

☞ clean

☞ clear

☞ close

☞ come

☞ count

☞ cross

☞ cry

☞ cut

音檔雲端連結

因各家手機系統不同 ， 若無法直接掃描，仍可以至以下電腦雲端連結下載收聽。

（https://tinyurl.com/bddubc4d）

call 叫喊、呼叫

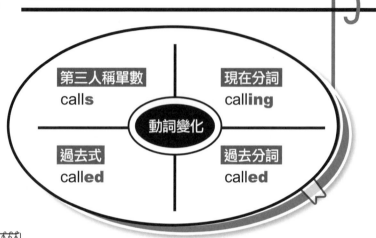

第三人稱單數
calls

現在分詞
calling

動詞變化

過去式
called

過去分詞
called

常見用法

1 **call for** 要求某事；叫（某人）來；去接某人

· My mom doesn't know how to turn on the blender, so she **called for** my help.
我媽不知道要怎麼把果菜機打開，所以他**叫我去**幫忙。

· My boyfriend said he will **call for** me at 10, but it's already 12.
我男朋友說他會在十點的時候來**接**我，但現在已經十二點了。

* 動詞解析

call for 當作要求某事和叫某人來的時候，其實就跟 ask for（要求）的用法一樣，所以上述的句子也可以變為 My mom doesn't know how to turn on the blender, so she asked for my help. 另外 call for 還有「需要」的意思，適用於「物」對「物」的關係，例如 The recipe calls for milk, egg, and butter. 表示「這份食譜需要牛奶、雞蛋和奶油。」是食譜中常見的用法。

❷ call sb./sth. off 叫（某人）走開；取消

· They **called** the concert **off** because of the typhoon.
因為颱風的關係，他們**取消**了演唱會。

· I **called** the kids **off** because they blocked my way.
我叫小孩**走開**，因為他們擋到我的路。

* 動詞解析

call off 當作取消的用法時，常常可以適用於取消比賽、演唱會、開會、約會等等先前已計畫好的活動。終止罷工的習慣用法為 call off the strike，這個用法則可以常常在新聞報導上看到。

❸ call sb. up 打電話給（某人）；徵召……入伍

· He **called** me **up** to see if I wanted to go to the comic con.
他**打電話**給我，問我是否想去漫畫展。

· As soon as my brother graduated from college, the army
called him **up**.
我哥一從大學畢業，軍方就**徵召**他入伍。

* 動詞解析

call sb. up 為徵召……入伍的意思，而當作名詞 call-up 的時候，意思就變成「召集令」或是「召集人數」，也可以當成「徵才」的意思，而 call-up notice 也就是「兵單」的意思。

carry 攜帶、提、拿

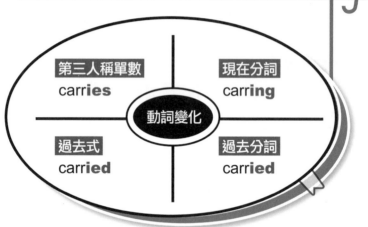

第三人稱單數 carries	現在分詞 carring
	動詞變化	
過去式 carried	過去分詞 carried

常見用法

① carry on 繼續

· Though his girlfriend asked him to stop the video games, he still **carried on** playing.
雖然他的女友叫他停止打電動，但是他仍繼續玩。

· In order to grow taller, I **carry on** drinking milk.
為了要長得更高，我繼續喝牛奶。

＊動詞解析

單看 carry 這一字為攜帶或拿的意思，但是當動詞用時，後面加上 on 就變成繼續做某事的意思了。但是如果把 carry on 當成形容詞來看時，carry-on 會變成「可攜帶的」的意思，例如 carry-on baggage（隨身手提行李）。

❷ carry out 完成

· I'm not rich enough to **carry out** my dream.
我不夠有錢去**完成**夢想。

· He secretly **carried out** his plan.
他偷偷的**完成**了計畫。

＊ 動詞解析

carry out 為完成、實現的意思，同義的字有 achieve、
accomplish、complete 等等。通常在形容計畫、夢想、承
諾、目標的完成和達成時，都可以使用 carry out。

❸ carry sb. home 帶（某人）回家

· She was drunk last night, so I **carried** her **home**.
她昨天晚上喝醉了，所以我帶她回家。

· I won't **carry** him **home** again; he puked in my car.
我不會再帶他回家了，他在我車上嘔吐。

＊ 動詞解析

一般比較常聽到的「帶（某人）回家」為 take sb. home，
而這裡的 carry sb. home 其實跟 take sb. home 是一樣的，
都是很常見的用法，另外也可以使用 bring sb. home。

A
B

C

D

E
F

G
K

L
M

P

R
S

T
W

catch 接住、抓住

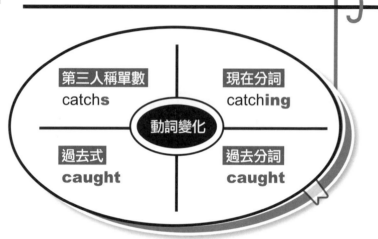

第三人稱單數
catchs

現在分詞
catching

動詞變化

過去式
caught

過去分詞
caught

常見用法

① catch at 抓住、握住

· He **caught at** his boss' collar and yelled, "I quit."
他抓住老闆的衣領然後大叫：「我不幹了。」

· The kid **caught at** my sleeve and asked me to play with him.
那個小孩抓住我的袖子，並且叫我陪他玩。

✱ 動詞解析

這裡的 catch at 跟 get 以及 take hold of 是一樣的意思，因此上列句子可變為"He take hold of/get his boss' collar…" 和 "The kid took hold/get of my sleeve and…"。

❷ catch a cold 感冒、著涼

· If you keep being naked, you'll **catch a cold**.
如果你繼續裸體，你就會感冒。

· I **caught a cold**, so I can't go to work.
我感冒了，所以不能去上班。

＊ 動詞解析

catch 為抓住，cold 為寒冷，抓住一個寒冷看似毫無頭緒，其實也就是感冒的意思，catch a cold 是很常見的用法，另外感冒也可以用 be sick、get illness 或是 get a cold 來形容，而病毒性流行感冒的說法為 flu，get the flu 或 catch the flu 這兩種用法都很常使用。

❸ catch someone's eye 吸引（某人）的注意；吸睛

· Her huge diamond **caught** my **eye**.
她的大鑽石吸引了我的注意。

· There were lots of girls in the party, but none of them really **caught** my **eye**; I was depressed.
派對上有好多女生，但是沒有一個女生可以吸引我的注意，我好難過。

＊ 動詞解析

抓住我的眼睛是什麼意思？其實也就是讓你目不轉睛，吸引目光和注意力的意思，這裡的 catch 也可以替換為 get，也就是 get someone's eye，兩者都很常使用，要形容被吸引，也可以使用attract 這個動詞，但是 catch someone's eye 相較起來較為生動。

❹ catch fire 失火、著火

- Don't use wood as material to build a house. It **catches fire** easily.
  不要使用木材當作原料來建造房子，木頭容易**著火**。

- That warehouse **caught fire** last night.
  那間倉庫昨晚**失火**了。

＊ 動詞解析

catch fire 為比較固定的用法，表示某種東西著火或失火。但如果是發生危急的火災時，其實只要大喊一聲 "Fire!" ，就可以讓周遭的人知道發生火災了。

❺ catch on 慢慢明白；受歡迎

- After a couple of hours, I **catches on** what he was saying.
  過了幾個小時後，我才**慢慢瞭解**他在說什麼。

- I can't believe her dress style **catches on** in school.
  我不敢相信她的穿衣品味在學校很**受歡迎**。

＊ 動詞解析

catch on 當作明白的意思時，跟 understand 或 realize 這些動詞的意思不大一樣，後兩者的瞭解是馬上或當下的明白，但是 carry on 比較像是表示慢慢消化理解之後才漸漸明白。

❻ catch sb. out 識破（某人）的謊言

· My girlfriend **caught** me **out** when she checked my message box.
當我女朋友檢查我的收件夾時，她**識破了**我的**謊言**。

· My dad **caught** me **out**, because he found that I wasn't home last night.
我爸**抓到**我**說謊**，因為他發現我昨晚不在家。

✻ 動詞解析

catch sb. out 除了當作「識破（某人）的謊言」外，另外還有一個意思，就是「使（某人）陷入某種災難或意外中」，通常使用被動式。例如 They were caught out in storm.（他們陷入暴風雨中。）。

❼ catch up 趕上、追上

· I'm running out of gas; I can't **catch** him **up**.
我的燃料用完了，我不可能**追上**他的。

· I just screwed up. I will never **catch up**.
我搞砸了，我永遠不可能**追上**的。

✻ 動詞解析

catch up （趕上、追上）可以形容比賽或競賽中處於落後狀態的追上，也可以形容成就上或進度上落後的追上，或是目標的追上。若要形容趕上、追上潮流或趨勢，可以再加上 on，例如 I need to catch on world trends.（我必須追上世界趨勢。）。

charge 索價；對……索費

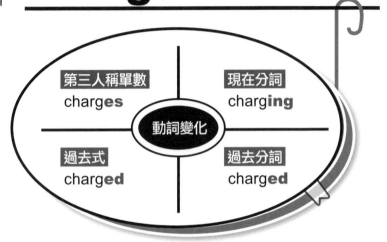

第三人稱單數
charg**es**

現在分詞
charg**ing**

動詞變化

過去式
charg**ed**

過去分詞
charg**ed**

 常見用法

❶ charge sth. up 將……充電

· I forgot to **charge** my cellphone **up**. Now I'm isolated.
我忘了將手機**充電**，現在我孤立無援。

· He **charged** his laptop **up** with the wrong adapter, and now he can't even turn it on.
他用錯的轉接器將電腦**充電**，現在他甚至開不了機。

＊動詞解析

charge sth. up 中間的 sth. 可以是要充電的的設備，也可以是電池，也就是可以變為 charge the battery up，另外 charger 是充電器的意思。

❷ charge sb. with 以……控告（某人）

· She **charged** her boss **with** sexual harassment.
她以性騷擾罪名控告她的上司。

· The politician was **charged with** election bribery.
那位政治人物因為賄選罪名被控告。

＊ 動詞解析

charge sb. with 後面要接上要控告對方的「罪名」。另外，
控告的常用動詞有 sue 和 accuse，這三種用法都很常用。

❸ Charge it! 刷卡

· It's very convenient to use credit cards when you don't
have cash. you only have to say, "Charge it".
當你沒有現金時，使用信用卡非常方便，你只要說聲：「刷
卡」。

· Take my credit card and **charge it**.
拿我的信用卡付錢。

＊ 動詞解析

這是一句簡短實用的句子，如果你要請店員幫你刷卡時，只
要把卡片拿出來，跟他說 "Charge it"，他就能明白你的意思
了，因為 charge 這個動詞有索費的意思，而 charge it 就是
向信用卡索費，所以是刷卡的意思。

chase 追逐；追捕；追蹤

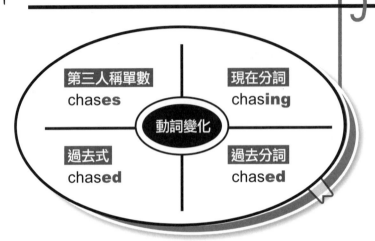

第三人稱單數
chas**es**

現在分詞
chas**ing**

動詞變化

過去式
chas**ed**

過去分詞
chas**ed**

 常見用法

❶ chase sb. up 追問、追討

- They kept **chasing** me **up** about my relationship status.
  他們一直**追問**我的感情狀態。

- She **chased** me **up** about the DVDs that I forget to return.
  他向我**追討**我忘記歸還的DVD。

＊ 動詞解析

chase sb. up 可以是向對方追討物品，又或是追問一個答案，但是切記 chase sb. up 有給人壓力、咄咄逼人的感覺，跟一般問問題的ask 不一樣。

❷ **chase sb. off** 驅逐（某人）

· His teammates **chased** him **off** because he didn't obey the rules.
他的隊友**驅逐**他，因為他不遵守規則。

· The elephants **chased** the lions **off** because the lions approached to their territory.
大象將獅子**趕走**，因為獅子靠近他們的領土。

＊動詞解析

這裡的 off 有 away 的意思，就是請對方離開，但又再更強硬一點。通常是指「強制」要求對方離開，所以也就是「驅逐」的意思。

❸ **chase a girl/guy** 追求女生／男生

· Jim always has tips to **chase a girl**.
吉姆總是有**追求女生**的花招。

· Jim taught me how to **chase a girl**, and I succeeded.
吉姆教我如何**追求女生**，然後我成功了。

＊動詞解析

中文裡的追女生、追男生，其實放在英文裡，也就是使用 chase 這個動詞，這在一般口語英文裡常常可以看見。

cheat 欺騙

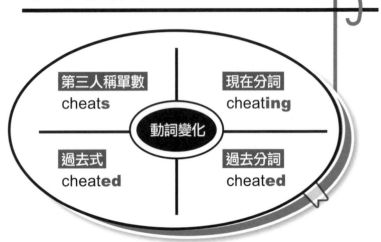

第三人稱單數
cheat**s**

現在分詞
cheat**ing**

動詞變化

過去式
cheat**ed**

過去分詞
cheat**ed**

 常見用法

① cheat on 不忠於（感情方面）

· Her husband **cheated on** her again, and they are getting a divorce.
她的丈夫又再一次的對他不忠，他們已經要離婚了。

· He's honest guy. He has never **cheated on** his girlfriend.
他是個老實人，他從不對女朋友不忠。

＊ 動詞解析

cheat on 中的cheat，不單單只有欺騙這個層面，而是特指情感上的欺騙。若要指對方出軌、欺騙感情，都可以使用cheat on。

❷ cheat sb. out of 騙取

· Jim **cheated** me **out of** $100.
吉姆騙了我一百元。

· The employee **cheated** his boss **out** of $300000 and was found by the accountant.
那個員工**騙取**老闆三十萬元，並且被會計師發現。

✱ 動詞解析

cheat sb. out of 指的是從他人身上騙取事物，尤其是強調錢財上的騙取，可以把 out of 想成拿走身上所有的東西，那麼也就可以聯想到錢財，cheat sb. out of 就是被別人榨乾錢財、騙取錢財的意思。

❸ cheat in exams 作弊

· The professor found that half of the class **cheated in exam**.
教授發現班上一半的人都**作弊**。

· Rumor has it that the reason why he got the first place is because he **cheated in exams**.
謠言指出他得到第一名的原因是因為他**作弊**。

✱ 動詞解析

單看字面上 cheat in exams，就可以推測是在考試中欺騙，如果是在考試中欺騙，也就是作弊的意思，

check 檢查

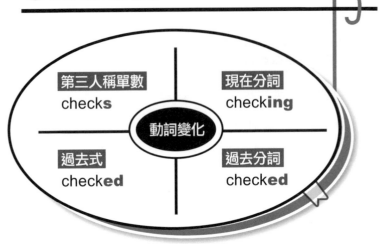

第三人稱單數
checks

現在分詞
checking

動詞變化

過去式
checked

過去分詞
checked

常見用法

① check in 登記住宿、登機手續

· We **checked** in at 12, but the flight canceled after we checked in.
我們在十二點的時候**辦理登機手續**，但是班機在我們辦理完登機手續後取消了。

· They forgot to bring the passport to **check in**.
他們忘了帶護照來**登記住宿**了。

＊動詞解析

在機場或飯店往往都可以看到 "check in" 的牌子，這指的就是辦理登記的手續。 check in的相反就是check out，所以辦理退房手續就是用這個片語。

❷ check on 檢查

· My mom always wants to **check on** my schedule; she's a control freak.
我媽總是想**檢查**我的行程，她是個控制狂。

· Don't forget to **check on** your backpack.
不要忘記**檢查**你的背包。

＊ 動詞解析

check 是檢查的意思，後面加上 on 就是在⋯⋯上檢查，跟 check 不一樣的地方，check on 後面通常接的是特定的事物。

❸ check it out 讓人看一下某個東西

· **Check it out**; it's their latest album.
看一下，這是他們的最新專輯。

· You got new mails, don't forget to **check it out**.
你有新的郵件，不要忘記去**看一下**。

＊ 動詞解析

常常聽到的 check it out 其實是很實用的句子，當你想要別人看看你拿出來的東西時，就可以用 check it out 。中間的 it 也可以代換成 this 或 that，根據你的前後文或是提到的順序。

A
B
C
D
E
F
G
K
L
M
P
R
S
T
W

cheer 鼓舞、鼓勵

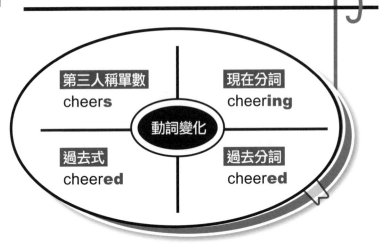

| 第三人稱單數 cheers | 現在分詞 cheering |
| 過去式 cheered | 過去分詞 cheered |

動詞變化

常見用法

❶ cheer up 加油；振作（鼓勵用語）

· **Cheer up**, you need to face the truth.
加油，你必須面對真相。

· The comedian is so funny; he can always **cheer** me **up**.
那個喜劇演員很好笑，他總是能讓我**振作**起來。

＊動詞解析

cheer up 是英文中常用的鼓勵用語，有點像是中文的加油。但是cheer up 跟加油有點不一樣的地方是，加油是在任何場合都可以使用，不管氣氛是開心或悲傷的，但是 cheer up 比較常用在當對方情緒較為低落的時候。

❷ cheer sb. on 替（某人）打氣、加油

· We need to **cheer** our team **on** to let them get the championship.
我們必須替我們隊伍**打氣**，讓他們能得到冠軍。

· They **cheer** Jim **on**, because he just broke up with his girlfriend.
他們替吉姆**打氣**，因為他剛跟女友分手。

＊ 動詞解析

cheer sb. on 跟 cheer sb. up 有點相似，但是 cheer sb. on 比較偏像是鼓舞士氣時使用的片語。

❸ Cheers! 乾杯時的用語；喝彩、歡呼

· **Cheers!** To celebrate for the future!
乾杯！為未來慶祝！

· **Cheers!** For the friendship!
為友誼**歡呼**！

＊ 動詞解析

Cheers 除了當作乾杯來使用，其實也有叫對方加油的意思，另外乾杯的用法除了Cheers! 之外，也可以使用Toasts!。

clean 清理、清潔

第三人稱單數
cleans

現在分詞
cleaning

動詞變化

過去式
cleaned

過去分詞
cleaned

 常見用法

① clean sth. up 整理、打掃

· I **cleaned** my room **up** and found a dead rat.
我**整理**我的房間，然後發現一隻死老鼠。

· I **cleaned** the mess **up** before I went out.
我在走之前把髒亂**整理乾淨**。

＊ 動詞解析

clean 當作動詞用是清理、清潔的意思，而後面接上 up 就
變成將東西完全的清理乾淨，一般整理房間使用的動詞就是
clean up，所以整理房間可以變成 clean someone's room
up，clean 和 clean up 最不同的地方是後者有「完完全全」
的整理乾淨之義。

❷ clean sb. out 使（某人）花盡錢財

· The Christmas **cleaned** me **out**, I spent a lot of money buying presents.
聖誕節**讓我花盡錢財**，我花了一堆錢買禮物。

· His girlfriend **cleaned** him **out**, she asked him to buy a house.
他的女友**讓他花盡錢財**，她要他買一棟房子。

＊ 動詞解析

clean sb. out 比較通俗的說法其實就是「榨乾」某人的錢財、花盡很多錢財的意思，跟clean 本身的意思有點不太一樣，但是也是常用的片語。

❸ clean someone's clocks （在比賽中）擊敗某人

· We're going to **clean your clocks** this afternoon, just wait and see.
今天下午我們將會**擊敗你**，等著瞧。

· We have new members this semester; we're confident to **clean your clocks**.
我們這學期來了新成員，我們有信心**打垮你們**。

＊ 動詞解析

clean someone's clocks 是英文俚語，相傳是在1990年開始流行的用語，原始來源已不可考究。此用法正式的出現在體育報上，常常在形容擊敗對手時使用，特別是比賽和競賽中。

clear 清除；收拾

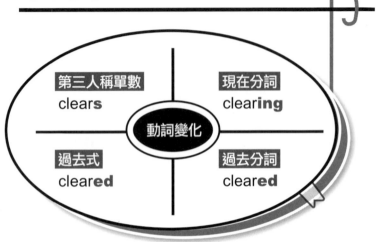

第三人稱單數
clears

現在分詞
clearing

動詞變化

過去式
cleared

過去分詞
cleared

常見用法

❶ clear out 立刻離開

- Every body **clear out**, we're closed.
  大家請**立刻離開**，我們要關門了。

- **Clear out** right now, or I'll call the police.
  請**馬上離開**，否則我要叫警察了。

＊ 動詞解析

clear out 其實就是「淨空」的意思，從淨空聯想到清空現場，就可以引申為「立刻離開」的意思。

❷ clear sth. up 整理；解開（問題）；澄清

· We need to **clear the problem up** to continue the next step.
我們必須**釐清**問題，才能繼續下一步。

· The president **cleared the scandal up**, and he said it wasn't him.
總統**澄清**那則醜聞，並且他說那不是他做的。

＊ 動詞解析

clear 的意思為「清除」、「收拾」，而 clear sth. up 跟 clean sth. up 有些類似，他們都可以當作「整理」，比較不同的地方是 clear sth. up 有解開問題、澄清的意思，clear sth. up 當「解開」用時，是指解開問題、謎題，當作「釐清」的意思來使用。

❸ clear off 使……變整齊；清理

· John, **clear off** your desk, it's too messy.
約翰，**清理**你的書桌，太亂了。

· Honey, would you please **clear off** the dining table? The guests are coming.
甜心，可以請你把餐桌**整理整齊**嗎？客人就要來了。

＊ 動詞解析

clear 本來就有「收拾」的意思，在後面加上 off 的時候就變成「使某樣東西變整齊」和「清理」的意思，通常 clear off 當作「清理」來用時，後面接的都是桌子或是有桌面的東西。

close 關閉

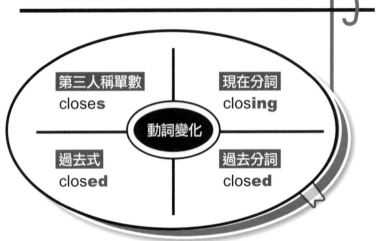

第三人稱單數
closes

現在分詞
closing

動詞變化

過去式
closed

過去分詞
closed

 常見用法

❶ close up 關閉、打烊

· The store **closes up** at 8 p.m., so you'd better hurry up.
那家店在晚上八點**打烊**，你最好快一點。

· The convenient store opens 24 hours; it never **closes up**.
那家便利商店全天開放，從不**打烊**。

＊ 動詞解析

close up 指的是商店的一般打烊，是固定時間的打烊，若要
指商店關門歇業，可以用 close down，指的是永久的關門。

➋ close in on sb./sth. 靠近、接近

· He **closed in on** her and whispered in her ears.
  他**靠近**她並在她耳邊説了悄悄話。

· Don't **close in on** that place. Snakes often show up there.
  不要**靠近**那個地方,會有蛇出現。

＊ 動詞解析

close 不只有「關閉」的意思,他也有「靠近」和「接近」的意思,如此片語的用法 close in on sb./sth. 就是靠近和接近的意思。另外補充 close 當作形容詞來用是,be close to 也是靠近和接近的意思。

➌ close sth./sb. out 結束;排除

· We **closed out** the meeting early and went home.
  我們提早**結束**會議然後回家。

· They always **close** me **out** of their plans.
  他們總是把我**排除**在計畫外。

＊ 動詞解析

close sth. out 有「使……結束」和「停止」之意,而如果將對象變成人的時候,close sb. out 就變成「將……某人排除」和「忽視某人」之意,根據對象而 close out 會有不同的意思。

come 來、來到

第三人稱單數
comes

現在分詞
com**ing**

動詞變化

過去式
came

過去分詞
come

常見用法

❶ come across 遇見；給人某種印象

· I **came across** my ex-wife in that party; it was embarrassing.
我在派對上**碰到**前妻,好尷尬。

· He **came across** as shy, because he didn't like to talk.
他**給**我一種害羞的**印象**,因為他不愛講話。

✱ 動詞解析

come across 也可以當作「巧遇」、「碰見」,與其相同的詞有bump into、run into 等等,都是當作「遇見」來使用,除此之外,come across 後面如果加上形容詞,也可以用來形容對人的印象。

🅲 come along (with) 一起；進展

· How are things **coming along**?
事情**進展**的如何？

· I **came along with** Jim to the party.
我和吉姆一起去派對。

＊ 動詞解析

come along 後面如果接上 with，就是「與……某人一起」
的意思，而使用 come along 來詢問事情也是常用的用法，
有「至今進行的情況」如何的意思，可以參考上方的例句。

🅲 come from 來自

· Though we **come from** different countries, we speak the
same language.
雖然我們**來自**不同國家，但是我們說同種語言。

· Kiwi fruits actually **came from** China.
奇異果其實**來自**於中國。

＊ 動詞解析

come from 有「來自」的意思，後面接的地方通常是說話者
的祖國、故鄉，如果是形容「東西」時，後面接的地方就會
變成「產地」、「來源」，另外也可以用 be from 來取代，
例如 I'm from Taiwan. 就是「我來自台灣。」。

❹ come in 到達；得到名次

· We **came in** the first place; it's time to celebrate.
我們**得到**第一名，是時候去慶祝了。

· The plane **came in** at 3 p.m.; it has actually delayed for 2 hours.
飛機在下午三點的時候**到達**，實際上延遲了兩個小時。

＊動詞解析

come in 如果就字面上來看，可以很容易猜到「到達」的意思，這裡也可以用arrive at 來替代。另一個比較看不出來，但是很常用的意思是「得到⋯⋯名次」，常常在宣布比賽結果時，都可以聽到這個用法。

❺ come out 揭露；出版；出櫃

· The press **came out** this morning, with the latest scandal on its cover.
那個報導今天早上**出來**了，上面印有最新的醜聞。

· The actor finally **came out** bravely.
那個演員最後勇敢的**出櫃**了。

＊動詞解析

come out 有很多種意思，這裡特別要說「出櫃」這個用法。原本的「出櫃」是用 come out of the closet，也就是不把祕密關起來，將之公諸於世，後來就簡稱為 come out，所以 come out of the closet 跟 come out 是一樣的意思，都是指「出櫃」。

❻ come up with 提出、想到（想法、計畫）

· He **came up with** a plan of robbing the bank.
他**提出**一個搶銀行的計畫。

· I **came up with** an idea for making the world better.
我**提出**一個讓世界變得更好的想法。

＊ 動詞解析

come up with 是一個很常用也很好用的片語，也可以使用
conjure up 來替換，有時候突然有點子出現在腦海時，就可
以用 I come up with an idea，跟 I get a idea 比起來，使用
come up with 會給人「思考過後」的感覺。

❼ Come off it! 別鬧了；別胡説了

· **Come off it!** You're totally drunk.
別胡説了！你完全喝醉了。

· **Come off it!** You'll never make the penguin fly.
別鬧了！你永遠不可能讓企鵝飛起來。

＊ 動詞解析

"Come off it!" 是很常見的口語用法，當對方在説一些天馬行
空或是很煩人的話時，你就可以用 "Come off it!" 來叫對方
住嘴，但此用法又不像 "bull shit" 或 "shut up" 那樣不禮貌跟
不文雅，"Come off it!" 跟中文的「賣鬧啦！」「聽你在鬼
扯！」，有異曲同工之妙，一定要學起來，可説是非常實
用。

count 計算

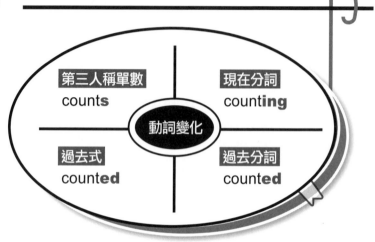

第三人稱單數
counts

現在分詞
counting

動詞變化

過去式
counted

過去分詞
counted

常見用法

① count sb./sth. in 把……算在內；包括

· Don't **count** me **in** for your plan.
別把我算在你的計畫內。

· If you're going to have party tonight, you can **count** me **in**.
I'm a party animal.
如果你今天晚上要去派對的話，把我算在內，我是派對愛好者。

＊ 動詞解析

count in 這個片語很常使用在人身上，count sb. in 就是「把某人算在內」或「算某人一份」的意思，而用在東西上時，就變成「包括」的意思，當作「包括」來使用時，也可以使用 include 來替換。

➋ count on 依靠

- My mom is the only person I can **count on**.
  媽媽是我唯一可以**依靠**的人。

- Don't let your teammates down. They **count on** you.
  不要讓你的隊友失望，他們**依靠**著你。

✳ 動詞解析

count on 中的 count 不是計算的意思，而是「依賴」、「依靠」的意思，也可以使用 depend on、rely on 來替換，三者都有一樣的意思，可以指物體和物體上碰在一起的依靠，也可以指心靈、精神上的依靠。

➌ count up 計算（總數）

- I **counted** my money **up**, and I found that I'm rich.
  我算了我的金額**總數**，然後發現我很有錢。

- Please **count** the **tickets** up.
  請計算票券的總數。

✳ 動詞解析

count up 是「計算」的意思，但是因為後面加上了up，所以跟count 又有點不太一樣，count up 的計算是計算「總數」、「總和」。

cross 越過

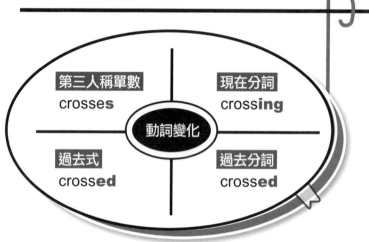

第三人稱單數
crosse**s**

現在分詞
cross**ing**

動詞變化

過去式
cross**ed**

過去分詞
cross**ed**

常見用法

❶ cross the line 越界（道德上或非本分內的事）

· Stop asking me about my relationship status. You just **crossed the line**.
停止問我的感情狀況。你**越界了**。

· If you have a crush on her husband, then you're **crossing the line**.
如果妳愛上她的丈夫，那麼妳就**越界了**。

＊ 動詞解析

cross the line 就字面上看是跨越一條線的意思，但這裡的 line 指的並非一般的線，而是有點像「臨界點」、「底限」，並且特別指的是「道德」層面上的意思。在某人做出道德規範內，或是非本分內的事情時，可以跟他說 "You cross the line."。

❷ cross sb. up 混淆、蒙騙（某人）

· For so many years, he has kept **crossing** me **up**.
這麼多年來，他一直在蒙騙我。

· Stop **crossing** me **up**. I know your trick.
不要再蒙騙我了。我知道你的把戲。

* 動詞解析

cross sb. up 有「蒙騙」、「把某人蒙在鼓裡」的意思，再白話一點的意思就是「呼攏」某人，除了指欺騙的行為外，cross sb. up 也可以是「混淆」的意思，讓某人搞不清楚狀況。

❸ cross out 劃掉、刪除

· He **crossed out** the item of his list, because he couldn't afford it.
他**劃掉**了清單上的一個項目，因為他付不起。

· Jim **crossed out** the old address and wrote a new one on it.
吉姆**劃掉**了舊的地址並且寫上新的。

* 動詞解析

cross 有「跨越」的意思，cross out 就是劃一個叉叉，使兩條線互相跨越，劃叉叉就有「刪除」、「劃掉」的意思，而這裡的刪除指的是在紙本上或清單上的刪除，不是一般的delete。

cry 哭泣

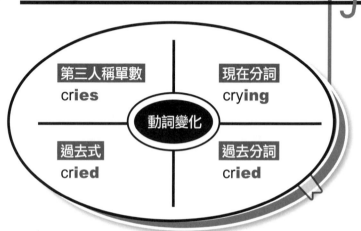

第三人稱單數
cries

現在分詞
crying

動詞變化

過去式
cried

過去分詞
cried

 常見用法

❶ cry off 取消承諾

· I have to work today, so I **cried off** the date.
　我今天必須工作，所以我**取消**了約會。

· He **cried off** for dinner, because he got a cold.
　他**取消**晚餐的約會，因為他感冒了。

＊ 動詞解析

> cry off 的用法跟call off（取消）相似，但是cry off 特別指的
> 是取消已經計畫好、預定好的事，或是承諾等等已經說好的
> 事。

❷ cry out 大叫

· When the snake bite him, he **cried out**.
當蛇咬他的時候，他**大叫**一聲。

· I **cried out** when I dropped the hammer on my toes.
當我把鐵鎚砸到腳趾上時，我**大叫**了一聲。

＊動詞解析

cry out 是「大叫」的意思，通常指的是因為疼痛而產生的大
叫，但是也可以指某人的情緒不穩定，像是驚嚇或是憤怒而大
叫，大叫也可以用 yell 來替換，但是 yell 比較像是吼叫，跟
cry out 又有一點不同。

❸ cry someone's heart out 傷心欲絕

· Stop **crying your heart out**. It's not the end of the world.
別**那麼難過**了，這又不是世界末日。

· When he knew his cat's death, he **cried his heart out**.
當他知道他的貓死掉時，他**傷心欲絕**。

＊動詞解析

cry someone's heart out 若是照字面來看，就是把心臟哭出
來，引申的意思就是「讓某人傷心欲絕」，所以才會把心臟
都哭出來了。

cut 切;剪

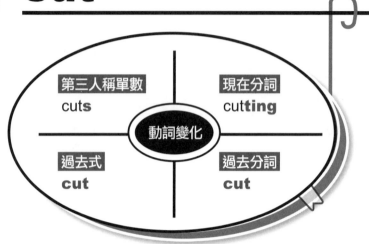

第三人稱單數
cuts

現在分詞
cutting

動詞變化

過去式
cut

過去分詞
cut

常見用法

❶ cut in 插嘴;超車

· Don't **cut in**, It's not your business.
別插嘴,這不關你的事。

· The taxi **cut in** suddenly; it was so dangerous.
那部計程車突然超車,實在很危險。

* 動詞解析

cut in 照字面上來看就是切入的意思,切入對話就可以變成「插嘴」,整句不是 cut in the conversation,因為 cut in 當作插嘴還用算是固定用法,而當作「超車」也是一樣的意思,算是固定用法。補充一個用法,若要叫別人不要講廢話時,可以用 cut the crap。

❷ cut down 減少

· We need to **cut down** our budget in order to balance the income.
我們必須**減少**預算來平衡收入。

· The production of that factory has been **cut down**.
那間工廠的製造量被**減少**了。

✴ 動詞解析

cut down 後面若是加上預算或金額時，可以用 cost down 來替換，都是減少預算、金額的意思，也可以替換成 decrease，但這個用法比較適合接產量或生產數。

❸ cut in line 插隊

· The old lady **cut in line** and pretended nothing happened.
那位老女士**插隊**還假裝沒事發生。

· I hate people **cutting in line** when I'm in a hurry.
我討厭人們再我很急的時候**插隊**。

✴ 動詞解析

cut in line 從字面上看是剪線，但這裡的 line 不當作「線」，而是當作「隊伍」，同樣的前面的 cut 也不當作「剪」，而是插入的意思，所以 cut in line 的意思就是「插隊」，而補充一下排隊的用法，是 wait in line。

☞ die

☞ dig

☞ do

☞ draw

☞ dress

☞ drag

☞ drift

☞ drive

☞ drop

音檔雲端連結

因各家手機系統不同 , 若無法直接
掃描,仍可以至以下電腦雲端連結下
載收聽。

（https://tinyurl.com/59h9n88k）

die 死亡;消逝

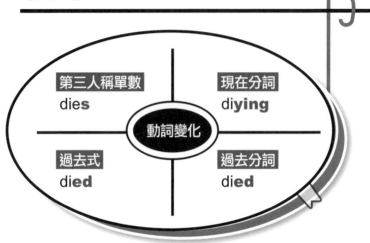

第三人稱單數
dies

現在分詞
diying

動詞變化

過去式
died

過去分詞
died

 常見用法

❶ die of 死於

· The police **died of** a stroke.
　那個警察**死於**中風。

· My dog **died of** cancer.
　我的狗**死於**癌症。

✳ 動詞解析

die of 是「死於……」的意思,而後面通常是接死亡的原因,另外「死於……」也可以使用 die from,這兩者只有些微的差異,of 指的是疾病或情緒上而導致死亡的原因,而 die from 則是指某種直接的原因,並非一般的疾病。

❷ die away 逐漸消失；變弱

- The light **died away** as we went far.
  當我們走遠，燈光也漸漸變弱。

- The wind had **died away** when the sun showed up.
  當太陽出來，風就漸漸變弱了。

＊ 動詞解析

die away 中的 die 表示的不是「死亡」，而是指「消逝」，
有慢慢的消失不見的意思，通常指的是自然的現象。

❸ die for 渴望

- I'm **dying for** the weekend!
  我好希望週末快來！

- He's **dying for** the coming concert.
  他很期待接下來的演唱會。

＊ 動詞解析

die for 就字面上看來，好像是為了……死掉一樣，其實差異
很大，此片語是「渴望」的意思，也可以替換為 long for、
desire of，這三者都有「渴望」、「期盼」的意思。

dig 挖掘

第三人稱單數
dig

現在分詞
dig**ging**

動詞變化

過去式
dug

過去分詞
dug

 常見用法

❶ dig in 開始大吃、狼吞虎嚥；開始認真工作

· He was starving, so when the meal came, he **dug in**.
他很餓，所以當餐點來的時候，他狼吞虎嚥。

· You'd better **dig in** right now. The boss is coming.
你最好馬上開始工作，老闆要來了。

＊動詞解析

其實 dig in 的意思非常多，這裡只講到「開始大吃」和「開始認真工作」這幾個比較特別的用法，dig in 當作這兩種用法來用的時候，其實是比較口語化的說法，dig in 其他的意思有「挖掘」、「堅持立場」。

❷ dig out 發掘、挖掘；解放

· We want to **dig out** all the truth in order to make the world a better place.
我們想要**挖掘**出所有真相，好讓世界更美好。

· The concert is coming, so you'd better be prepared to **dig out** your soul.
演唱會快來了，你最好準備**解放**你的靈魂。

＊ 動詞解析

dig out 也是挖掘的意思，但是跟 dig in 的挖掘不一樣的地方是，dig out 是「將東西挖掘出來」，而 dig in 是「深入去挖掘」，兩者是不同的意思，所以 dig out 也可引申為「解放」的意思。

❸ dig your own grave 自掘墳墓

· What you are planning to do is to **dig out your own grave**.
你計畫要做的事完全是在**自掘墳墓**。

· You're **digging your own grave** if you keep cheating in exams.
如果你要繼續作弊的話，你就是在**自掘墳墓**。

＊ 動詞解析

dig your own grave 是一個很常見的俚語，意指別人自掘墳墓，也就是自尋死路的意思，明知道不能做卻還是做了。

do 做；執行；行動

第三人稱單數	**現在分詞**
do**es**	do**ing**
動詞變化	
過去式	**過去分詞**
did	**done**

常見用法

❶ do sb. good 對（某人）有好處

· Take the medicine. It will **do you good**.
把藥吃下去，它對你有好處。

· Stop playing video games. It won't **do you good**.
不要玩遊戲了，它對你沒好處。

＊ 動詞解析

> do sb. good 照字面上來看就是對某人好的意思，也就是「對某人有好處」，這裡的 do 不是「做」或「執行」的意思，而比較像是「給予」的意思，do sb. good 就是給予對方好處。

❷ do sb. a favor 幫（某人）忙

· I asked Jim to **do me a favor**.
　我叫吉姆幫我一個忙。

· I **did him a favor** but he didn't say thank you.
　我幫他忙，但是他沒說謝謝。

＊ 動詞解析

favor 有「贊成」、「偏愛」、「恩惠」的意思，而 do sb.
a favor 中的 favor 指的是「恩惠」的意思，而其中的 do 是
「給予」的意思，所以給予某人恩惠，也就是「幫某人忙」
的意思。

❸ do someone's best 盡（某人）最大的力量

· I **did my best** to prepare for the test, but I failed.
　我盡了我最大的力量準備考試，但是失敗了。

· He **did his best** to play the game.
　他盡了最大的力量去比賽。

＊ 動詞解析

do someone's best 中的 do 是「行動」、「執行」和「做」
的意思，而 best 有最好的意思，所以做出某人最好的，也就
可以引申為「盡某人最大的力量」。另外 try someone's best
跟 do someone's best 也是一樣的意思。

draw 畫；描寫

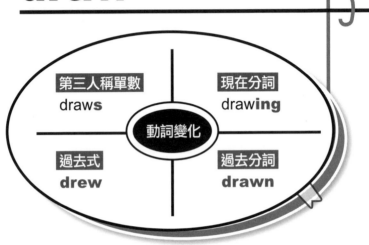

第三人稱單數
draw**s**

現在分詞
draw**ing**

動詞變化

過去式
drew

過去分詞
drawn

常見用法

❶ draw back 退縮

· His wife yelled at him, and he **drew back**.
他老婆對他大叫，然後他**退縮**了。

· I **drew back** when the dog barked.
當狗吠一聲時，我往**後退**。

＊ 動詞解析

draw back 中的 draw 不當「畫」或「描寫」的意思，而是當作「移動」來解釋。所以 draw back 照字面來看就是向後面移動，也久可以引申為「退縮」的意思。

❷ draw sth. up 擬定

· He didn't think too much to **draw** the plan **up**.
他沒想太多就**擬定計畫**。

· I **drew** my study project **up** in order to study efficiently.
我**擬定**了讀書計畫，是為了要更有效率的念書。

* 動詞解析

draw sth. up 其中的draw 有「制定」的意思，draw sth. up 就是把東西制定出來，也就是「擬定」的意思，通常後面接的是具有規劃的事情，像是計畫或是方案。

❸ draw the line 劃定界線；區別；拒絕

· We have to learn how to **draw the line**.
我們必須學習如何**拿捏分寸**。

· He kept bothering me, so I **drew the line**.
他一直來煩我，所以我跟他**劃清界線**。

* 動詞解析

draw the line 照字面上看是畫一條線，但這裡指的不是真的畫條線，而是劃清界線、底限，也可以當作「拒絕」的意思，意指對方不要再跨越這條線了。

dress 穿、戴；打扮

第三人稱單數
dress**es**

現在分詞
dress**ing**

動詞變化

過去式
dress**ed**

過去分詞
dress**ed**

 常見用法

❶ dress up 盛裝打扮

· I **dressed up** for the date, but my mom said it didn't look good.
我為了約會**盛裝打扮**，但我媽說不好看。

· Every girl **dressed up** in that party; that party was totally awesome.
派對上每個女孩都**盛裝打扮**，那個派對實在太棒了。

＊ 動詞解析

dress up 是盛裝打扮的意思，後面若接上 as，就會變做「裝扮成……」的意思，另外 dress up 若當成軍隊用語的時候，有整裝出發的意思。

❷ dress to kill 打扮漂亮得令人為之傾倒

· His wife **dressed to kill**, every men want to talk to her.
他老婆**穿得太美了**，每個男人都想跟她聊天。

· I can't believe Emily is almost 40; she **dressed to kill**.
我不敢相信艾蜜利已經快四十歲了，她**穿得好辣**。

＊ 動詞解析

> dress to kill 是形容穿得太漂亮、太迷人或是太火辣，導致對
> 方受不了，其中的 kill 並不是真的要殺死人，只是誇張的形
> 容和強調。

❸ dress sb./sth. down 斥責

· My mom **dressed me down** because I messed up the
living room.
我媽**斥責我**，因為我把客廳弄很亂。

· His wife **dressed him down** because he broke the vase.
他老婆**斥責他**，因為他打破花瓶。

＊ 動詞解析

> dress sb./sth. down 中的 dress 不是「穿」或「戴」的意
> 思，而是「斥責」和「責備」的意思。

drag 拉、拖

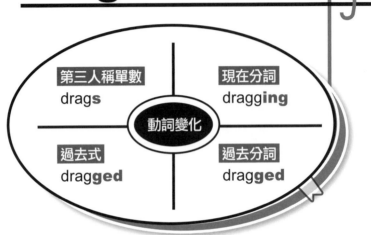

第三人稱單數
drag**s**

現在分詞
drag**ging**

動詞變化

過去式
drag**ged**

過去分詞
drag**ged**

常見用法

① drag sb. along 拉某人做某件事；説服

· I need a companion to join the contest, so I **drag him along**.
我需要一個同伴來參加競賽，所以我**拉他進來**。

· Mary **dragged me along** to the beauty contest; she's tricky.
瑪莉**拉我進來**參加選美比賽，她心機很重。

＊ 動詞解析

drag sb. along 除了指把某人拉進來之外，還有「説服……做某件事」的意思，而這裡的説服是帶著有點「半強迫」的意味。

❷ drag sb. down to someone's level
拉低某人的水準

· Jimmy **dragged me down to his level**, I only got 3 points in that game
吉米**拉低我**的水準，我在那場比賽只拿了三分。

· He tried to **drag me down to his level**, but he failed, I was still good.
他試著**拉低我的**水準，但是失敗了，我還是很強。

＊ 動詞解析

> drag sb. down to someone's level 的意思是「拉低某人的水準」，字面上看起來好像有點嚴重，但其實這個句子是帶著有點幽默的語氣，是在幽默的消遣對方時使用的。

❸ drag someone's feet / heel 拖延、拖拖拉拉

· Don't **drag your heel**! We're running out of time.
不要再**拖拖拉拉**了，我們要沒時間了。

· The government **dragged their feet** in order to get much time for negotiation.
政府**拖延**是為了要取得更多談判的時間。

＊ 動詞解析

> drag someone's feet/heel 字面上看起來的意思是拖著腳步、鞋跟，但這邊不是真的拖著腳步和鞋跟，而是意指對方拖延、延長時間。

drift 漂流

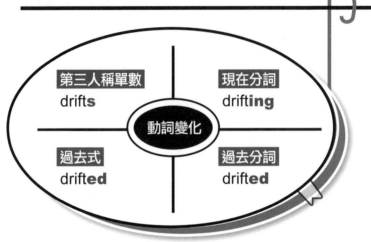

第三人稱單數	現在分詞
drift**s**	drift**ing**
動詞變化	
過去式	過去分詞
drift**ed**	drift**ed**

 常見用法

❶ drift apart 逐漸疏遠

· After I grew up, my family and I **drifted apart**.
在我長大後，我和家人的關係**逐漸疏遠**。

· They have **drifted apart** after his affair was caught.
在他老公的外遇被抓到之後，他們的關係**逐漸疏遠**。

✻ 動詞解析

drift 是漂流的意思，而後面加上 apart 後，drift 就變成疏遠的意思，其中的 drift 也可以用 fall 來替換，fall apart 和 drift apart都是一樣的意思，意指關係上的逐漸疏遠。

② drift away 漂流、流浪

· Having been working for so long, I want to **drift away**.
工作這麼久後，我想去**流浪**。

· He threw a bottle to the sea, and it **drifted away**.
他將瓶子丟向海，然後瓶子就**漂走**了。

＊ 動詞解析

drift 是「漂流」的意思，而後面加上 away 就可以引申為
「流浪」或「飄走」的意思。

③ drift off 入睡

· The coffee doesn't work. I still want to **drift off**.
咖啡沒有用，我還是想**入睡**。

· Most of the students **drifted off** in that lecture.
大部份的學生都在演講時**睡著**。

＊ 動詞解析

drift off 雖是睡著的意思，但是跟 sleep 和 fall asleep 這兩者
的入睡又有程度上的差別，相對於後兩者，drift off 比較像是
慢慢的入眠或是不小心睡著，跟 drop off 的意思一樣。

drive 駕駛；趕走；逼迫

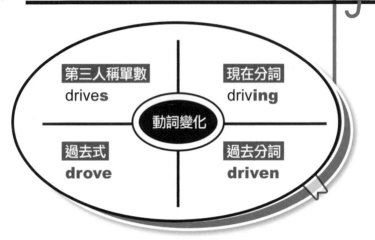

第三人稱單數	現在分詞
drives	driving
動詞變化	
過去式	過去分詞
drove	driven

常見用法

❶ drive away 驅逐、趕走

· They **drove** the dogs **away.**
他們把狗狗**趕走**。

· Impoliteness **drives** the customers **away.**
不禮貌的態度會**趕走**顧客。

＊動詞解析

drive away 中的 drive 並不是「駕駛」的意思，因為後面接上away，所以變成「趕走」的意思，另外 drive up 跟 drive away 意思相當，都是「驅逐」的意思。

❷ drive sb. crazy 使（某人）瘋狂、失控

- The girl's so cute; she **drives** me **crazy**.
  那個女生好可愛，她讓我瘋狂。

- The World Cup **drove** all the fans **crazy**.
  世界杯讓所有球迷瘋狂。

＊ 動詞解析

drive sb. crazy 是很常用的用法，用於口語上居多，這裡的 drive 不是「駕駛」的意思，而是「使……」的意思，drive sb. crazy 就變成「使某人瘋狂」。

❸ drive off 驅車離去；送走某人

- After the party, he **drove** me **off**. He's so gentle.
  派對結束後，他送我回去。他好溫柔。

- She was angry, she didn't say a word and **drove off**.
  她很生氣，沒說一句話就驅車離去。

＊ 動詞解析

drive off 除了當作「驅車離去」和「送走某人」外，其實也有「擊退」的意思，例如 The army drove the enemy. 表示「軍隊擊退了敵人。」，這一類的用法也很常見，可以根據上下文去推斷 drive off 的意思。

drop 滴下；落下

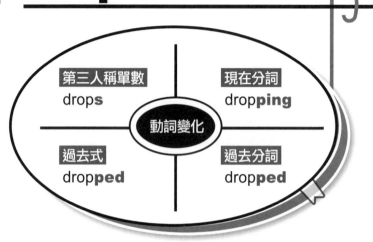

| 第三人稱單數 | 現在分詞 |
| drops | dropping |

動詞變化

| 過去式 | 過去分詞 |
| dropped | dropped |

常見用法

① drop in 順道拜訪

· He brought his hand-made cake and **dropped in** my house.
他帶著手工蛋糕**順道拜訪**我家。

· I **dropped in** today, but you weren't home.
我今天**順道拜訪**，但是你不在家。

＊ 動詞解析

drop 的意思雖然是「滴下」、「落下」，但是後面接上 in 的時候，drop 就變成了「拜訪」或是「訪問」的意思。

❷ drop out 退出

· He didn't want to go to school anymore because he got **dropped out**.
  他不再去學校了，因為他被**退學**了。

· I hate the system of that association, so I **dropped out**.
  我痛恨那個組織的系統，所以我**退出**了。

＊動詞解析

drop out 當作「退出」使用時，通常指的是退出大型的組織，特別是指「學校」。所以退學就是使用 drop out 這個字，另外 drop-out 當名詞時，也就是「退學生」、「中輟生」的意思，另外更引申為「退出社會主流的人」。

❸ drop sb. a line 寫信、訊息給（某人）

· Don't forget to **drop me a line** when you get there.
  你到的時候別忘了**寫信**給我。

· The boss **dropped you a line** - he warned that you can not be late again.
  老闆**留一個訊**息給你，他警告你別再遲到了。

＊動詞解析

drop sb. a line 照字面看是「丟下一段話」，其實意思就是「寫信」和「寫訊息」，跟 leave sb. message 的用法是差不多的。

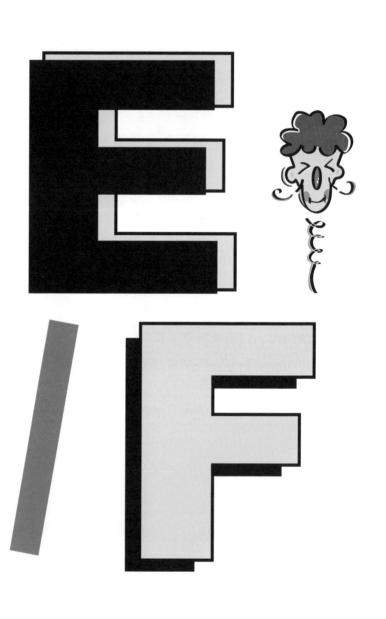

☞ ease   ☞ fight

☞ eat   ☞ figure

☞ end   ☞ fill

☞ enter   ☞ fit

☞ face   ☞ flip

☞ fall   ☞ fly

☞ feel   ☞ follow

音檔雲端連結

因各家手機系統不同 ， 若無法直接
掃描，仍可以至以下電腦雲端連結下
載收聽。
（https://tinyurl.com/6rr3am3p）

ease 減輕；緩和

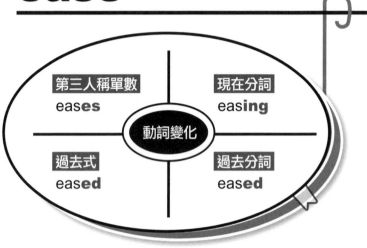

第三人稱單數
eas**es**

現在分詞
eas**ing**

動詞變化

過去式
eas**ed**

過去分詞
eas**ed**

常見用法

❶ ease someone's mind
舒緩（某人）的情緒；放心

· Taking a bath can really **ease my mind**.
泡澡讓我能**舒緩情緒**。

· She drank honey milk to **ease her mind**.
她喝蜂蜜牛奶還**舒緩情緒**。

＊動詞解析

ease someone's mind 的意思是「舒緩情緒」，並且有「放鬆」、「放心」等舒緩的意思，有讓人從繁亂中放鬆的意思。

❷ ease the pain 減輕疼痛

· He tried to **ease the pain** by sleeping.
他試著藉由睡覺減輕疼痛。

· Try to take the medicine; it will **ease the pain**.
試著吃藥，這會減輕疼痛。

＊動詞解析

ease 當作動詞有「減輕」和「緩和」的意思，在 ease 後面接上pain、pressure 等等比較負面的感覺就有了「減輕」的意思，另外若要形容減輕疼痛，也可以使用 kill the pain。

❸ ease up 放鬆

· You should **ease up** and take a nap.
你應該要放鬆然後去睡個覺。

· She **eased** herself **up** by taking a bath.
她藉由洗澡讓自己放鬆。

＊動詞解析

在 ease 後面加上 up 就有了「放鬆」的意思，但是這裡的放鬆跟 relax 有點不一樣，ease up 的放鬆比較像是從先前是較為緊張的狀態而解放出來的感覺。

eat 吃；消耗

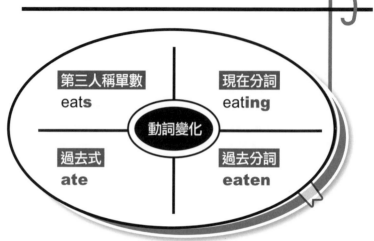

第三人稱單數
eats

現在分詞
eating

動詞變化

過去式
ate

過去分詞
eaten

 常見用法

❶ eat someone's words 食言

· You said you will take me out for dinner, and now you're **eating your word**.
你說你會帶我去吃飯的，現在你**食言**了。

· I couldn't make it; I **ate my words**.
我沒能辦到，我**食言**了。

＊動詞解析

eat someone's words 照字面上來看就是「吃掉某人的話」，把話吃掉，其實就是「食言」的意思，意指說出承諾卻沒能辦到。

❷ eat up 吃光；耗掉

· My sister **ate up** all the donuts, and that really pissed me off.
我妹把所有的甜甜圈**吃光**了，那真的惹惱我了。

· The ink has been **eaten up**, so I can't print my paper.
墨水都**耗光**了，我不能印報告了。

＊動詞解析

eat 後面如果接上 up，就有「吃光」、「耗盡」的意思，如果主詞是人，而 eat up 後面接的是食物時，eat up 的意思就是「吃光」，但如果後面接的是器材或用品時，eat up 則變成「耗盡」的意思。

❸ eat humble pie 低頭認錯

· He knew it was his fault, so he **ate humble pie**.
他知道是他的錯，所以他**低頭認錯**。

· **Eat humble pie**; I know you cheated in the exams.
低頭認錯吧，我知道你作弊。

＊動詞解析

謠傳 humble pie 是古時候一種用鹿的內臟製作成的肉餅，專門在打完獵之後製作給僕人吃的東西，所以 eat humble pie 也有「忍氣吞聲」的意思，而也可以當「低頭認錯」來用。

end 結束

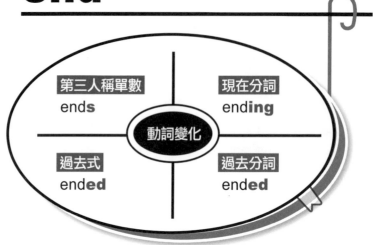

第三人稱單數
ends

現在分詞
ending

動詞變化

過去式
ended

過去分詞
ended

 常見用法

❶ end in 以……做結尾

· Their marriage **ended in** divorce.
他們的婚姻**以**離婚**收場**。

· How miserable that our friendship **ended in** a farce.
我們友誼**以**鬧劇**做結尾**，多麼悲慘。

＊ 動詞解析

end 後面加上 in 的時候，就變成「以……做結尾」的意思，in 的後面要接上名詞，所以也可以解釋為「以……收場」，這裡補充一個常見的說法 end in tears，以眼淚做收場，也就是悲慘的結束。

❷ end up 最後

· We didn't catch the bus, so we **ended up** taking the taxi.
我們沒趕上公車，所以**最後**就搭計程車。

· They were going to go out, but they **ended up** playing video games at home.
他們本來要去出去，但**最後**在家打電動。

✳ 動詞解析

end up 當作「最後」的用法時，後面要接上動名詞，end up 也有另一個意思，是「了結生命」的意思，通常以 end oneself up 的形式出現，例如 He ended himself up in jail. 指「他在監獄裡結束生命。」。

❸ end it all 自殺

· If the price keeps roaring, I'll **end it all**.
如果物價繼續升高，我就要**自殺**。

· He said he would **end it all** if I decide to get divorce with him.
他說如果我要跟她離婚的話，他就會**自殺**。

✳ 動詞解析

end it all 就字面上的意思來看，就是結束所有的一切，引申為「自殺」的意思。相較於其他自殺的講法，像是 suicide 和 kill oneself。end it all 是比較隱晦的說法，但也是「自殺」的意思。

enter 進入

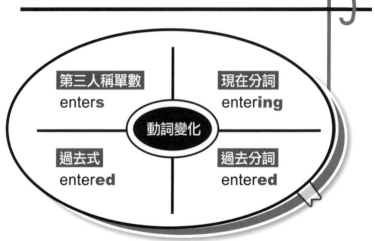

第三人稱單數
enters

現在分詞
entering

動詞變化

過去式
entered

過去分詞
entered

常見用法

❶ enter for 報名參加（比賽）

· Mary decided to **enter for** the beauty contest.
　瑪莉決定去**報名**選美比賽。

· They **entered for** the seminar but were rejected.
　他們去**報名**了研討會，但是遭到拒絕。

✱ 動詞解析

　　enter 是「進入」的意思，但是如果後面接上 for，就有了「參加」的意思，而 enter for 的「參加」特別指的是報名參加競賽或是比賽。

❷ it never entered someone's mind 從未想過

· **It never entered my mind** that Mary would win in the beauty contest.
我從沒想過瑪莉會贏得選美比賽。

· **It never entered his mind** that she would get a divorce with him.
他從沒想過她會要離婚。

✳ 動詞解析

it never entered someone's mind 算是固定的用法，其中 mind 也可以替換成 head，就變成 it never entered someone's head，另外 it never occurred to me 也有相同的意思。

❸ enter into 訂立（合約）

· They **entered into** an agreement - no pets in this house.
他們訂立了協議，房子裡不能有寵物。

· We finally **entered in** to a contract.
我們終於訂立了合約。

✳ 動詞解析

enter into 也可以當作「進入」的意思，不過也可以當成「訂立」，若要把 enter into 當作「訂立」，後面接的東西多半是 agreement（協議）或是 contract（合約）。

face 面對

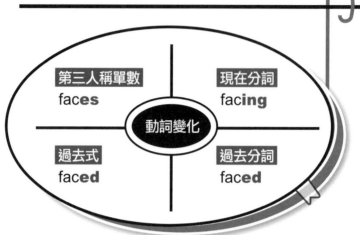

第三人稱單數
fac**es**

現在分詞
fac**ing**

動詞變化

過去式
fac**ed**

過去分詞
fac**ed**

常見用法

❶ face off 面臨

- He's **facing off** the biggest trouble in his life.
  他正**面對**人生最大的麻煩。
- The company **faced off** the competition.
  公司**面臨**了競爭。

＊動詞解析

> face 有「面對」的意思，當後面接了off 的時候，face off 就變成了「面臨」的意思，通常 face off 後面接的事挑戰、麻煩，或是困難，多半是一些具有挑戰性的事情。

❷ face the music 承擔後果

· **Face the music**; it's all your fault.
承擔後果吧,都是你的錯。

· He found that I had lied to him; I need to **face the music**.
他發現我說謊,我必須要**承擔後果**。

* 動詞解析

face the music 是「承擔後果」的意思,這不是正式的用法,通常形容人在做錯事情之後,要承擔的批評與責難,這裡的後果指的是不好的事情。

❸ face up to sth. 勇於面對(不好的事)

· They'll never offer you another job; you might as well **face up to** it.
他們不會再提供你另一個工作了,你要**勇於面對**。

· Many people find it hard to **face up to** the fact that they are getting old.
許多人發現**勇於面對**變老的事實是很難的事情。

* 動詞解析

face up to sth. 是「勇於面對」的意思,但是其中的 sth. 特別指的是不好的事實或結果,而這裡的 face 也可以解釋為「接受」的意思,所以 face up to sth. 就可以引申為「勇於面對」。

fall 落下

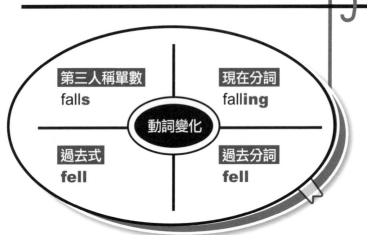

第三人稱單數
fal**ls**

現在分詞
fall**ing**

動詞變化

過去式
fell

過去分詞
fell

 常見用法

❶ fall about 放聲大笑

· The TV show is so funny that it makes Wang **fall about**.
那個電視節目太有趣了，以至於王**放聲大笑**。

· I **fell about** when I saw his face because his mole is just too big.
當我看到他的臉時，我**放聲大笑**，因為他的痣太大顆了。

✳ 動詞解析

fall about 照字面上看來似乎跟大笑毫無關係，其實這是 fall about laughing 的縮短，但是後來 fall about 漸漸變成「放聲大笑」的意思。

❷ fall behind 落後

· The old walkers soon **fell behind**.
  那位老先生很快的就**落後**了。

· I **fell behind** my schedule; I'm done.
  我**落後**進度了，我完了。

＊ 動詞解析

fall behind 當作「落後」的時，有兩個層面上的意思，一種
是指動作上的緩慢，就像第一個例句，而令一種指的是進度
上、行程上的落後，可以參考上方第二個例句。

❸ fall down 跌倒

· We saw the Mickey Mouse **fall down** from the stage; it
  looked so ridiculous.
  我們看到米奇從舞台上**摔下來**，畫面實在太荒謬了。

· The dog kept **falling down** because he was too old.
  那隻狗一直**跌倒**，因為牠太老了。

＊ 動詞解析

fall down 是「跌倒」的意思，通常是指對象「從某個地方
摔落到地面上」的跌倒，如果在 fall down 後面加上 from，
from 就可以接地點，代表「從……跌倒」。

feel 感覺

第三人稱單數
feel**s**

現在分詞
feel**ing**

動詞變化

過去式
felt

過去分詞
felt

常見用法

❶ feel like 表達感覺、感受

· I **felt like** vomiting after listening what he said.
聽完他講的話之後，我**覺得**想吐。

· He **felt like** laughing when he saw Marry' s face.
當他看到瑪莉的臉，他**感到**想笑。

＊ 動詞解析

feel 雖然是「感覺」的意思，但是後面接上like就會變成「表達感覺」，有時候也會當成「想」來使用，除了上列接動名詞的例子外，feel like 後面也可以街上名詞，例如 I feel like another glass of wine. 我想要再一杯酒。

❷ feel free to do sth. 自在的做某事

· **Feel free to** drink the beer; they're all free.
請自在的喝啤酒，都是免費的。

· I **feel free to** eat at home when everyone is out.
當大家都出去的時候，在家裡吃飯令我感到自在。

✱ 動詞解析

feel free 就是「感到自在」的意思，當你感到自在的做事情時，就是可以毫無拘束的去做某件事，feel free 也是很常用的句子，當某人問你能不能做某件事的時候，你可以回他 "feel free"，也就是「允許」的意思。

❸ feel up to 承擔得了

· I don't **feel up to** going out tonight because I had a long day at work.
我覺得我今晚沒有精力出門了，因為我已經工作一整天了。

· I **feel up to** drink another glass of whiskey.
我覺得我可以再喝一杯威士忌。

✱ 動詞解析

feel up to 是「承擔得了」的意思，白話一點的說明就是「認為可以去做……」，feel 有時候除了當作「感覺」來用，也可以當作「認為」。

fight 打架；奮鬥

第三人稱單數
fight**s**

現在分詞
fight**ing**

動詞變化

過去式
fought

過去分詞
fought

常見用法

① fight it out 爭論到底、抗爭到底

· His argument is unreasonable; I will **fight it out**.
他的論點不合理，我會**爭論到底**。

· When the government announced they'd develop that forest this year, all the citizens are furious and are going to **fight it out**.
政府宣布今年會開發那片森林，所有的市民都很憤怒，並且會**抗爭到底**。

＊動詞解析

fight it out 的意思為「爭論到底」、「抗爭到底」，這裡的意思更是「一決勝負」的意思，抗爭到最後並且一定要有結果。

❷ fight back 抵抗；忍住

- **Fight back** the tears; life goes on.
  忍住眼淚，日子還是要繼續過。

- The elephants **fought back** the lions, but they lost, and I cried.
  那群大象**抵抗**獅子，但是他們輸了，然後我哭了。

✱ 動詞解析

fight back 當作「忍住」時，後面通常接的有關情緒的字眼，像是tear 或是 laugh，也是「抑制」的意思。

❸ fight off 擊退；對抗；克服

- I'm **fighting off** a cold.
  我正在**對抗**感冒。

- I promise I'll **fight off** the obstacle.
  我保證我會**克服**這個困難。

✱ 動詞解析

fight off 有很多意思，根據後面接的字詞而有不同的意思。另外他當作「克服」來使用時，後面常常接情緒相關的字眼。

A
B
C
D
E
F
G
K
L
M
P
R
S
T
W

figure 計算；認為

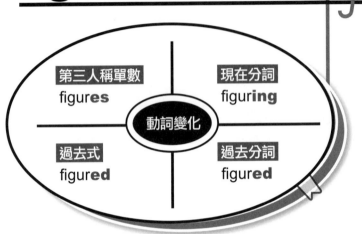

第三人稱單數
figur**es**

現在分詞
figur**ing**

動詞變化

過去式
figur**ed**

過去分詞
figur**ed**

 常見用法

❶ figure on 預計

· Which neighborhood do you **figure on** living when you move to New York?
你搬去紐約**預計**要住哪一區？

· Where do you **figure on** going after you graduate?
你畢業之後**預計**要去哪裡？

＊動詞解析

figure 這一字單看是「計算」、「認為」的意思，而後面若加上on 的時候，就變成「預估」、「預計」的意思。

❷ **figure out** 理解

· Do you **figure out** what I'm saying?
你**理解**我説的話嗎？

· I finally **figured** his joke **out**.
我終於**理解**他的笑話。

✱ 動詞解析

figure out 是出現頻率很高的片語，其實他的意思跟 understand、realize、recognize 等等一樣，意思是透徹的瞭解，也就是理解。

❸ **figure sth. up** 計算

· I need to **figure** my expenses **up.**
我必須**算出**我的支出。

· He **figured** his money **up**, and found he can't pay the bill.
他**算了**他的錢，然後發現他付不了帳單。

✱ 動詞解析

figure sth. up 的 figure 是當做「計算」的意思，通常 sth. 為金錢、金額或跟數字有關的東西。

fill 裝滿

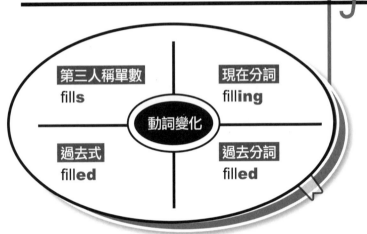

第三人稱單數
fill**s**

現在分詞
fill**ing**

動詞變化

過去式
fill**ed**

過去分詞
fill**ed**

 常見用法

❶ be filled with 裝滿、填滿、充滿

- His room **is filled with** comic books.
  他的房間**充滿**了漫畫。

- The teddy bear **is filled with** rice.
  那隻泰迪熊裡面**裝滿**了米。

✳ 動詞解析

be filled with 除了形容裝滿「實際」的東西之外，另外也可以裝滿「氣氛」或「感覺」這類抽象的東西，例如 "The air is filled up with the sound of the sound of happy children." 表示「空氣裡充滿了歡樂兒童的聲音。」。

❷ fill out 填上、填寫（表格）

· Please **fill out** the form if you want to apply for this job.
如果你想申請這份工作的話，請**填妥**表格。

· I **filled out** an application to rent the apartment last week.
上禮拜我為了租房子**填**了申請表。

＊ 動詞解析

fill out 當作「填寫」是很常見的用法，fill 是「裝滿」、「填滿」的意思，而 fill out 的中的 fill 尤指表格上的填滿，所以也就是「填寫」的意思。

❸ fill oneself with 使（某人）吃東西

· Don't **fill yourself with** sweets; you're getting fat.
不要吃甜食，你變胖了。

· He **filled himself with** milk in order to get taller.
為了長更高，他讓自己喝牛奶。

＊ 動詞解析

fill someone with 的 fill 其實就是「裝滿」的意思，讓某人裝滿某物，也可以引申為「使……吃……」的意思，這裡的吃不是一般的吃，而是有點「吃飽」的狀態。

fit 適應；符合

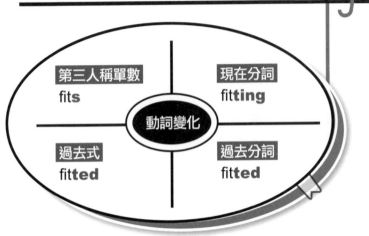

第三人稱單數
fit**s**

現在分詞
fit**ting**

動詞變化

過去式
fit**ted**

過去分詞
fit**ted**

常見用法

① fit in 適應

· We should try to **fin in** this society.
我們必須嘗試著**適應**這個社會。

· He couldn't **fit in** the class, so he dropped out.
他無法**適應**班上，所以他休學了。

＊動詞解析

fit in 當作「適應」的意思時，有適應「環境」的意思，另外
如果再加上with，對象就會變成「人」。

❷ fit sb. up for sth. 陷害某人於某事

· The police **fitted** him **up for** dealing drugs.
那個警察以販毒的罪名**陷害**他。

· He **fitted** me **up for** cheating in exams.
他以作弊的名義**陷害**我。

＊動詞解析

fit sb. up for sth. 的 fit up 是「陷害」的意思，其用法跟 set up 一樣，都是「陷害」、「設局」的意思。

❸ fit out 裝扮（某人）

· He was **fitted out** like Harry Potter in that party.
他在派對上**裝扮**成哈利波特的樣子。

· I tried to **fit out** like Goofy, but it turned out to be Bruto.
我試著**扮成**高飛，但是卻變成布魯托。

＊動詞解析

fit out 除了當作「裝扮（某人）」的意思來使用之外，如果在後面加上 with，也可以解釋為「提供……」，如 I fitted out swimming suit and google for my neice for his afternoon swimming class.（我幫姪子準備好下午游泳課需要的泳裝和蛙鏡。）。

flip 輕彈；翻動

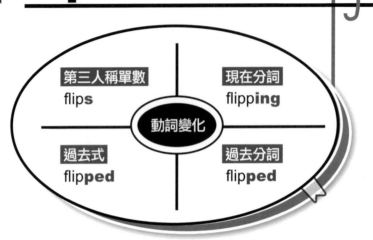

動詞變化

第三人稱單數
flips

現在分詞
flipping

過去式
flipped

過去分詞
flipped

常見用法

❶ flip sb. off 對某人比中指

· He **flipped** his boss **off**, so he got laid off.
他對老闆**比中指**，所以就被炒魷魚了。

· The man **flipped** the police **off** and was arrested latter on.
那個男人對警察**比了中指**，然後隨後就被逮捕了。

＊ 動詞解析

flip sb. off 是一個很不禮貌的舉動，而一開始的用法是 flip sb. the bird，也是代表「比中指」的意思。

❷ flip sth. over 將……翻面

· He **flipped** the ribs **over** in order to prevent over cooking.
他將肋排**翻面**，防止烤太久。

· Larry **flipped over** onto his other side, trying to get comfortable.
賴瑞**翻身**到另一邊，試著更舒服些。

✱ 動詞解析

flip sth. over 的 flip 是翻動的意思，而 over 有將東西反過來、顛覆的意思，所以 flip over 就變成了「將……翻面」的意思。

❸ flip through 快速翻閱

· I **flipped through** the newspaper but found nothing interesting.
我快速**翻閱**報紙，但發現沒什麼有趣的。

· He **flipped through** the text books to get the answers.
他快速**翻閱**書本找答案。

✱ 動詞解析

flip through 是一個固定的用法，指的是快速翻閱書本、報章或是雜誌，也可以是快速轉換電視頻道，flick through 跟 flip through 有相同的意思。

fly 飛

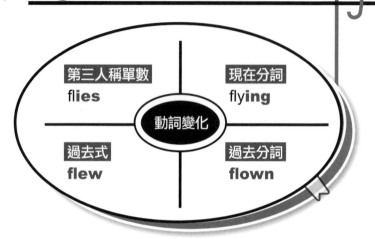

第三人稱單數
flies

現在分詞
flying

動詞變化

過去式
flew

過去分詞
flown

常見用法

❶ fly into a rage 暴怒

· After hearing the news, he **flew into a rage**.
聽到那個消息之後，他**非常生氣**。

· When I saw my boyfriend went out with a girl, I **flew into a rage**.
當我看到我男友跟其女生出去時，我**勃然大怒**。

＊動詞解析

fly into 是一個固定用法，後面通常接的是關於情緒的字眼，不一定要是 rage，但是 fly into 後面加的情緒通常是偏負面的情緒。

❷ go fly a kite 走開、滾開、別管閒事

· It's not your business, so **go fly a kite**.
這不關你的事，**滾開**！

· Stop bothering me. **Go fly a kite**.
不要煩我了，**走開**。

＊ 動詞解析

> go fly a kite 原有打發別人的意思，但是主要是以叫別人走開、別管閒事時的用語，當某人很煩的時候，就可以用 go fly a kite 來打發他走。

❸ fly by 飛逝（時間）

· Time **flew by**, but I did nothing today.
時間**飛逝**，但我今天什麼都沒做。

· Time **flies by**, so we should treasure everything.
時光**飛逝**，所以我們應該要珍惜一切。

＊ 動詞解析

> fly by 當作「飛逝」時，主要是再形容時間的匆匆，所以常常跟time 一起合用，time flies by 就是來形容時光飛逝，時間快的跟飛的一樣。

follow 跟隨

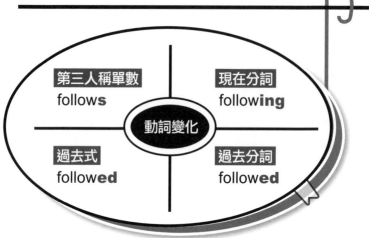

第三人稱單數
follow**s**

現在分詞
follow**ing**

動詞變化

過去式
follow**ed**

過去分詞
follow**ed**

常見用法

① follow on 緊接著

· He left an hour ago and I'll be **following on** soon.
他一小時前離開，而我馬上會**緊接著**來。

· The next part of the movie **follows on** his father's death.
這部電影的下一個部份**緊接著**他父親的死去。

＊ 動詞解析

follow 是「跟隨」的意思，而後面接上 on 則有「緊接著」的
意思，用來形容接下來的狀況。

❷ follow through 貫徹；徹底執行

· I'll **follow through** my father's spirit.
  我會**貫徹**我父親的精神。

· We should **follow through** the project.
  我們應該要**徹底執行**那個計畫。

＊ 動詞解析

follow through 的through 有「透徹」、「完全」的意思，所以照字面上來看，follow through 就是「完全的跟隨」，這就可以衍生為「貫徹」和「徹底執行」的意思。

❸ follow up 追查、追究

· The police didn't **follow up** the case.
  警方並沒有**追查**那個案件。

· I **followed up** the truth and found a secret behind it.
  我**追查**真相然後發現背後的祕密。

＊ 動詞解析

follow up 的follow 是「跟隨」的意思，但是碰到 up，兩者放在一起就變成了「追查」和「追究」，follow up 後面通常接的是案件、事件。

A
B
C
D
E
F
G
K
L
M
P
R
S
T
W

☞ get   ☞ have

☞ give   ☞ hold

☞ go   ☞ keep

☞ hand   ☞ kick

☞ hang   ☞ knock

音檔雲端連結

因各家手機系統不同 ， 若無法直接掃描，仍可以至以下電腦雲端連結下載收聽。

（https://tinyurl.com/y7z9nzvn）

get 取得、得到

第三人稱單數
get**s**

現在分詞
gett**ing**

動詞變化

過去式
got

過去分詞
gotten

常見用法

① get along with 與……相處

· I **got along with** marry for a night.
我**跟**瑪莉**相處**了一個晚上。

· How did you guys **get along with**?
你們大家**相處**的怎麼樣？

＊ 動詞解析

get 本身的意思是「取得」、「得到」，而 along 有「一起」的意思，所以整句話 get along with 就變成「與……相處」的意思，這裡的 get 有相處的意思，不是當作「得到」。

❷ get away 逃脫、走開

· I just want to **get away** from the chaos.
我只想從混亂中**逃脫**。

· He didn't want to see me again and he asked me to **get away**.
他不想再看見我，並且叫我**走開**。

＊動詞解析

get away 的 get 有「走」的意思，其也可以用 go 來替換，當作「逃脫」來看時，也可以使用動詞 escape，而如果是叫別人走開的時候，除了用 get away，也可以用另外一個比較粗魯的講法 – get lost。

❸ get out of 停止、戒除

· You need to **get out of** playing video games.
你必須**停止**打電動。

· He should **get out of** alcohol; it will harm his health.
他應該要**戒**酒的，那對他的健康不好。

＊動詞解析

get out of 的意思是「停止」和「戒除」，當作「戒除」來使用時，其用法跟get rid of 有點相似，get rid of 是「擺脫」的意思，但是除了當作「戒除」來使用，get out of 也可以當作「停止」或「離開」。

A
B
C
D
E
F
G
K
L
M
P
R
S
T
W

❹ get over 克服

· You should **get over** it; it's not the end of the world.
  你應該要**克服**的，這又不是世界末日。

· She **got over** the problems and carried on.
  她**克服**難題然後繼續前進。

＊ 動詞解析

get over 的 get 有「跨越」的意思，而 get over 就是「克服」的意思，get over 後面接的字眼通常是負面的、不好的，有可能是難關，也有可能是指疾病等等的事情，所以也有「撐下去」的意思。

❺ get on with it 快一點

· **Get on with it**; we're going to be late.
  快一點，我們要遲到。

· **Get on with it**; the bus is leaving.
  快一點，公車要走了。

＊ 動詞解析

get on with it 有「加快腳步」的意思，get on 這裡的意思是「跟上」的意思，叫別人跟上也就是「快一點」的意思，此用法跟 hurry up 有相同的意思，都很實用。

⑥ get rid of 擺脫

· She tried to **get rid of** the past, but she still can't forget about it.
她試著**擺脫**過去，但是她仍無法忘懷。

· I tried to **get rid of** my ex-boyfriend, but he just kept bothering me.
我試著**擺脫**前男友，但是他還是一直過來煩我。

＊ 動詞解析

get rid of 的 rid 是「清除」的意思，所以 get rid of 照字面上來看就是「取得……的清除」，白話簡潔一點也就是「擺脫」的意思，get rid of 後面可以接上人或是事物。

⑦ get up 起床；起立

· **Get up**. I saw you cheat in exams.
起來。我看到你作弊。

· I **got up** early and found there was no one at home.
我**早起**然後發現家裡都沒人。

＊ 動詞解析

get up 裡的 get 是「前往」的意思，而 up 是「上方」的意思，所以 get up 字面上看起來是「前往上方」，但是其實這是個固定的用法，引申成為「起床」或「起立」。

give 給予

動詞變化

第三人稱單數
giv**es**

現在分詞
giv**ing**

過去式
gave

過去分詞
given

 **常見用法**

❶ give sb./sth. away 分送；告發

· I **give** the candy **away** to the kids.
我**分送**糖果給小孩。

· He **gave** all his money **away** to the orphanage.
他**捐**了所有的錢給孤兒院。

＊ 動詞解析

give sth. away 是「分送」的意思，也可以當作「捐贈」來使用，而 give sth. away 有將東西全部給予完的意思，所以才會引申為「分送」和「捐贈」這兩個意思，捐贈也可以使用 donate 這個動詞。

❷ give it a shot 試試看

· You should not pass the change; **give it a shot**.
你不應該放過這個機會，**試試看**吧。

· **Give it a shot**; maybe you'll succeed.
試試看吧，説不定你會成功。

＊ 動詞解析

give it a shot 中的 shot 不是指「射擊」，而是「機會」的意思，跟 give it a try 的意思相同，都是事情看起來有機會，而叫別人去嘗試看看的意思，是很常用的句子。

❸ give me a break 饒了我吧

· I am not going to eat the bugs; **give me a break**.
我是不會吃蟲子的，**饒了我吧**。

· **Give me a break**. Would you please stop crying?
饒了我吧。你可以不要再哭了嗎？

＊ 動詞解析

give me a break 中的 break 是「休息」的意思，照字面上來看，give me a break 是「給我休息」的意思，也就引申為「饒了我」和「放過我」的意思，是口語英文中很常見的用法。

❹ give up 放棄

· It's almost 4 in the morning, but I still can't finish my paper. I **give up**.
已經快要清晨四點了，我還是沒有寫完報告，我**放棄**。

· Don't **give up**; you've almost accomplished your goal.
不要**放棄**，你已經快完成你的目標了。

＊ 動詞解析

give up 當作「放棄」的意思是很常見的用法，「放棄」的用法除了 give up 之外，也可以用 surrender 或是 abandon 等等，另外如果用 give sth. up 的形式，give up 就變成「讓出」的意思。

❺ give sb. a hand 幫助某人

· Hey, **give me a hand**. I'm stuck.
嘿，**幫我一下**，我被困住了。

· She **gave me a hand** when I was upset.
他在我失落的時候**幫**了**我**。

＊ 動詞解析

give sb. a hand 照字面上來看，就是「給……一隻手」，其實這也就是「幫某人」的意思，並不是真的給某人一隻手。另外幫助某人也可用 do sb. a favor 或是簡單的動詞 help。

❻ give in 讓步、妥協

· I won't **give in** if you don't pay my money back.
如果你不把錢還我,我是不會**讓步**的。

· They **gave in** when the police surrounded the building.
當警察包圍大樓時,他們**妥協**了。

＊ 動詞解析

give in 是「讓步」、「妥協」的意思,其實 give in 也可以衍生成「投降」、「屈服」的意思,是形容一個人從某一個姿態放棄道較低的姿態,也有「認輸」的意思。

❼ give out 耗盡、用盡

· I **give out** my money after buying the laptop.
在我買完電腦之後,我的錢就**用完**了。

· He **gave out** his money after he met Mary.
他在認識瑪莉後,就**耗盡**錢財了。

＊ 動詞解析

give out 照字面上來看,有「給出去」的意思,若精簡其意思,也就是「耗盡」、「用盡」的意思,因為 out 也有「完全」的意思,其他用來當作「用盡」來用的字眼還有 run out, give away 等等。

go 去、前往

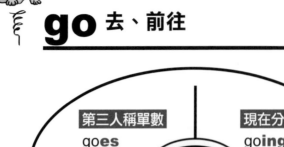

第三人稱單數
goes

現在分詞
going

動詞變化

過去式
went

過去分詞
gone

常見用法

❶ go ahead 前進；去做吧；繼續

· The door opened, and we **went ahead**.
  門打開，然後我們**前進**。

· **Go ahead**. Follow your intuition.
  去做吧，跟隨你的意志。

＊ 動詞解析

go ahead 白話的意思就是「向前進」，但是其實 go ahead 可以另外衍生成「繼續」的意思，若在後面加上 with 就是「繼續進行某事」的意思，當作祈始句來使用時，又有「去做吧」的意思。

❷ go away 走開

- **Go away**. It's not your business.
  走開，這不關你的事。

- The kids asked the man to **go away** because they said he looked like a frog.
  那群小孩叫那名男子**走開**，因為他長得像青蛙。

* 動詞解析

go away 是叫別人「走開」的意思，可以是要求的用法，也可以是粗魯的叫別人走開。走開的其他用法還有 get out、get lost 等等，都是要求別人離開說話者的所在地方。

❸ go at 努力從事於

- I **went at** preparing for the test, but I still failed.
  我**努力**準備考試，但是還是被當了。

- She **goes at** public affairs. I've never seen anyone so devoted like her.
  她**努力從事**於公共事務。我沒有看過像她這樣用心的人。

* 動詞解析

go at 在字面上看來是「去……某處」，但是其實不是這個意思，此句真正的意思是「努力從事於」，這裡的 go 可以當作「從事」的意思，而不是當作「去」、「前往」的意思。

❹ go back 回去、追溯

· We can never **go back** to the past.
我們無法再回到過去了。

· My interest in English **goes back** many years.
我對英文的興趣可以追溯到很多年前。

＊ 動詞解析

go back 白話的意思就是「回去」、「返回」，另外可以當作「追溯」來用，意思指的是某一件事原始發生的契機、原因等等，通常是形容一件事已經存在很久，而回到他背後的原因。

❺ go for (it) 大膽一試

· **Go for it** if you have the chance.
去大膽一試吧，如果你有機會的話。

· If you like her, you should **go for it**.
如果你喜歡她，就該大膽一試。

＊ 動詞解析

go for it 是一個很長用的句子，目的在叫對方放手一搏，勇於嘗試。使用的契機通常在對方不敢去做進一步的行動時，用於鼓舞對方而使用，句中的 it 指的就是不敢做的事情。

❻ go on 繼續下去

· Though I was rejected, I'll **go on** trying.
雖然我被拒絕了，但是我會**繼續**嘗試。

· He **went on** drinking even he was sick.
他雖然生病了但還是**繼續**喝酒。

＊ 動詞解析

go on 照字面上看就是「繼續前往」的意思，但本句的意思其實是「繼續下去做某事」的意思，另外在對話中，若某人對你說go on時，意思就是叫你「繼續說下去」。

❼ go through 經歷

· After he **went through** a horrible relationship, he finally woke up.
經歷了一場可怕的關係後，他然後終於覺醒了。

· Our family **went through** a big disaster, but we got closer.
我家**經歷**了大災難，但我們變得更親密了。

＊ 動詞解析

go through 中，through是「透徹」的意思，go through 引申的意思就是「經歷」，通常 go through 後面接的事通常是比較不好的事情，像是災難，或是會讓人有所感觸的事情。

hand 給；傳遞

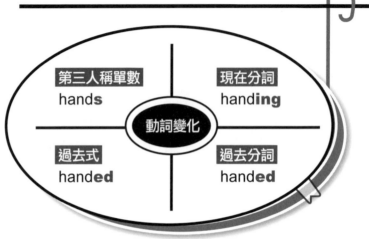

第三人稱單數
hand**s**

現在分詞
hand**ing**

動詞變化

過去式
hand**ed**

過去分詞
hand**ed**

常見用法

❶ hand down 把⋯⋯傳下去

· Please **hand down** the book and open it.
請**把書傳下去**然後打開它。

· This custom has been **handed down** since the 18th century.
這風俗從十八世紀開始**流傳**下來。

＊ 動詞解析

hand down 中的 hand 是當作「傳遞」的意思，hand down 除了有「把⋯⋯傳下去」的意思之外，還有「傳承」的意思，可以參考上面例句中的第二句，該句的 hand down 就是「傳承」的意思。

❷ hand in 繳交

· Please **hand in** your homework on time.
　請準時**繳交**作業。

· I have to **hand in** an offer by March 12.
　我必須再三月十二號前**提出**申請。

＊ 動詞解析

hand in 中的 hand 可以當作「給」的意思，而後面加上 in 則變成了「繳交」的意思，也可以當作「提出」，通常 hand in 當作「提出」來使用時，是指提出申請這一類的東西。

❸ hand over 送交、交出

· The thieve is **handed over** to the police。
　小偷被**送交**給警方。

· **Hand** your car keys **over**. You're too drunk to drive.
　交出你的鑰匙，你喝醉了不能開車。

＊ 動詞解析

hand over 是表示「送交」、「交出」的意思，他跟 hand in 不一樣的地方是，hand over 是將東西轉移至某人手上，有轉移的動作，而不是只有繳交和提出的意思而已。

hang 懸掛；逗留

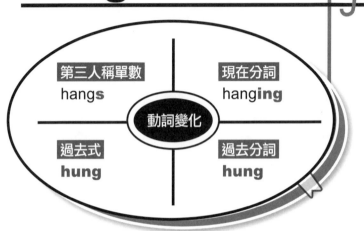

第三人稱單數
hang**s**

現在分詞
hang**ing**

動詞變化

過去式
hung

過去分詞
hung

 常見用法

❶ hang out 閒晃、廝混

· Stop **hanging out** with those friends. They're not good kids.
不要再跟那些朋友**廝混**了，他們不是好孩子。

· I used to **hang out** with him for a while.
我曾有段時間都跟他一起**廝混**。

＊動詞解析

hang out 中的 hang 是「逗留」的意思，所以 hang out 就是「閒晃」、「廝混」的意思，這個片語很常使用，有表示一起出去玩或一起在某處逗留的意思。

❷ hang over 威脅；籠罩

· The danger of the typhoon **hung over** Asia.
颱風的危險**威脅**整個亞洲。

· I have a lot of financial problems **hanging over** my head.
我有一堆經濟問題**籠罩**著我。

＊ 動詞解析

hang over 是「威脅」的意思，其中 hang 這裡的意思可以想成「逗留」，有東西一直逗留不去，就可以延伸成「威脅」的意思，另外補充一個用法，hang-over 當作形容詞用時，有「宿醉」的意思。

❸ hang up 掛斷（電話）

· I didn't finish my talking as he **hung up** the phone.
我還沒講完話他就**掛**我電話。

· Don't **hang up**; I haven't told you the point.
別**掛斷**，我還沒告訴你重點。

＊ 動詞解析

hang up 中的 hang 是當做「懸掛」的意思，而後面加上 up 之後，就變成「掛斷」的意思，通常 hang up 當作「掛斷」的意思時，是指電話的掛斷，是個很常見的用法。

have 擁有

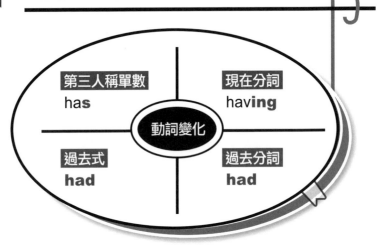

動詞變化

第三人稱單數
ha**s**

現在分詞
hav**ing**

過去式
had

過去分詞
had

常見用法

❶ have sth. on 穿著、戴著

· She **has** a necklace **on** her.
  她**戴著**項鏈。

· What did Mary **have on** at the party?
  瑪莉在派對上**穿**什麼？

＊ 動詞解析

have sth. on 就字面上的意思看來，就是「有……在上面」，其實引申的意思就是指「穿著」、「戴著」，可以形容人的穿著，也可以用wear on 來替換，是很實用的用法。

❷ have a bite 咬一口；嚐試味道

· **Have a bite** on that cookie; I made it!
  嚐嚐看那個餅乾，那是我做的！

· I **had a bite** on that bread and found it tasted so bad.
  我嚐了一口那個麵包，發現它超難吃的。

＊ 動詞解析

> have a bite 中的bite 是名詞，指的是「咬」的動作，所以
> have a bite 照字面上來解釋，就是「咬一口」，這個用法
> 多半是叫對方嚐嚐看食物的味道時所使用的，多半帶著「嘗
> 試」的意味。

❸ have a blast (ball) 玩得愉快

· They said you're going to a party tonight. **Have a blast**.
  他們說你今晚要去參加派對。祝你玩得愉快。

· **Have a blast**; enjoy your vacation.
  玩得愉快，享受你的假期。

＊ 動詞解析

> have a blast 中的 blast 原本指的是「爆破」和「衝擊」，但
> 是如果是當 have a blast 來用的話，blast 就變成「狂歡」的
> 意思，所以 have a blast 就是叫對方要玩得愉快，也可以用
> have a ball，兩者是一樣的意思。

❹ have a crush on 愛上……；迷戀

· I **had a crush on** my teacher.
我愛上我的老師。

· She **had a crush on** eating lobsters.
她愛上吃龍蝦。

＊ 動詞解析

have a crush on 是常見的用法，裡面的 crush 是「迷戀」的
意思，是較為口語的說法，have a crush on 跟 fall in love 又
有點不太一樣，fall in love 是深深愛上，但是 have a crush
on 比較像是迷戀，有帶點盲目的感覺。

❺ have a good one. 再見（打招呼用語）

· Hey guys, **have a good one**.
大夥，**再見啦**。

· **Have a good one** and see you tomorrow.
再見，明天見囉。

＊ 動詞解析

have a good one 照字面看可能猜不出它的意思，其實其中
的 one 表示的是 day，也就是 have a good day 的意思，這
句話用於跟別人道別的時候，其道別指的像是下班、下課的
時候說的再見，是很常用的生活用語。

⑥ have a word with 有話對……說

· The teacher **has a word with** you; you need to go to his office now.
老師**有話對你說**，你現在必須去一趟辦公室。

· My boss told me he **has a word with** me; I don't think it is a good thing.
我的老闆說她**有話要對我說**，我不認為這是好事。

∗ 動詞解析

have a word with 照字面上看來，是有話要說的意思，要注意的是，通常 have a word with 要說的話都是比較嚴肅或重要的，所以是帶有謹慎的意味，說的內容多半比較正式。

⑦ have one's eye on 注意、監視

· His wife is a control freak; she always **has her eye on** him.
他的太太是個控制狂，她總是在**監視**著他。

· I kept **having my eye on** that girl; she's so attractive.
我一直在**注意**著那女生，她很有吸引力。

∗ 動詞解析

have one's eye on 照字面上來看就是「將某人眼睛放在……」的意思，衍生的意思也就是「注意」，甚至是「監視」，這跟 catch someone's eyes 有點不一樣，have one's eye on 除了「注意」之外，還多了「監視」的意味在。

hold 握著; 抓住; 夾住

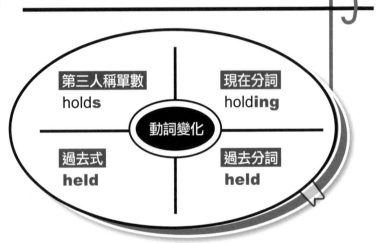

動詞變化

第三人稱單數
hold**s**

現在分詞
hold**ing**

過去式
held

過去分詞
held

 常見用法

① hold back 抑制；阻礙；隱藏

· You shouldn't **hold back** the secrets, and you should let everyone know.
你不應該隱藏祕密，你要讓大家知道。

· He **held back** his tears and kept working on his paper.
他**抑制**住眼淚然後繼續寫報告。

＊動詞解析

hold back 是「抑制」和「隱藏」的意思，另外也可以當作「阻礙」，這裡的hold back tears 是一個很常用的用法，意思是不讓眼淚流出來，hold back 後面也可以加上形容情緒的字眼。

❷ hold on 繼續；不掛斷電話；等一下

· **Hold on**; don't hang up the phone.
等一下，先別掛斷電話。

· Please **hold on**; we'll contact you as soon as possible.
請等一下，我們會儘快連絡你。

＊ 動詞解析

hold on 可以解釋為叫對方保持在一個狀態中，先不要做下一步的動作，比較常用的是在電話中，要叫對方不掛斷電話時就可以使用這個片語，另外 hold on 也有「繼續」的意思。

❸ hold an opinion 有想法、意見；認為

· She **held an opinion** on that project.
她對那個計畫有想法。

· We **hold an opinion** that the teacher should leave.
我們認為老師應該要離開。

＊ 動詞解析

hold an opinion 照字上來看，就是「持有一個意見」，更精簡白話，其實也就是「有想法」和「認為」，跟 think 和 consider 很像，但是又有些微的差異，hold an opinion 比較有具體的想法。

keep 保有、持有

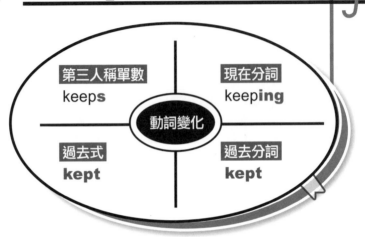

第三人稱單數
keep**s**

現在分詞
keep**ing**

動詞變化

過去式
kept

過去分詞
kept

常見用法

❶ keep an eye on 注意、監督

· She **keeps an eye** on his husband in order to prevent him from having an affair with his assistant.
她持續**監督**她的丈夫，防止他跟助理亂搞。

· The girl is **keeping an eye on** me; she makes me so nervous.
那個女生在**注意**我，她讓我好緊張。

> **＊ 動詞解析**
>
> keep an eye on 照字面上的意思是「讓眼睛在……上」，其實這個片語的意思是「注意」和「監督」，而不是真的讓眼睛在別人身上，keep an eye on 當作「監督」的意思時，其實帶有一點監視的味道。

② keep in shape 健康狀況良好

· He recovered from that disease and still **keeps in shape**.
他從那場病痊癒，並且**健康狀況良好**。

· It's important to **keep in shape**.
保持身體狀況很重要。

＊ 動詞解析

> keep in shape 乍看之下好像是保持身材的意思，因為 shape
> 是「形狀」的意思，很多人會誤解這句話形容的是身材，但
> 是 keep in shape 的 shape 其實指的是「狀況」，所以 keep
> in shape 也就是保持身體的狀況，也就是「健康」的意思。

③ keep in touch 保持連絡

· Though they broke up, they still **kept in touch**.
雖然他們分手了，但是他們仍然**保持連絡**。

· We should **keep in touch** even if we work in different cities.
就算我們去不同的城市工作，我們還是要**保持連絡**。

＊ 動詞解析

> keep in touch 就字面上來看是「保持接觸」，其實這裡的
> touch 指的是「連絡」，所以 keep in touch 就是「保持連
> 絡」的意思，此句話非常常見，也很實用，也可以用 stay in
> touch 的用法。

❹ keep distance 保持距離

· My girlfriend asked me to **keep distance** with every girl.
  我女朋友叫我跟所有女生**保持距離**。

· You should **keep distance** from that car. It looks
  suspicious
  你應該要跟那台車**保持距離**。它看起來很可疑。

＊ 動詞解析

keep distance 的意思可以就字面上看出來，除了指實際的
「保持距離」之外，keep distance 也可以指「關係」上的
保持距離，如果上述例句中的第一句。

❺ keep from 阻止、避開、克制

· You should have **kept** the disaster **from** happening.
  你當時應該要**阻止**災難的發生。

· I couldn't **keep from** arguing with her
  我無法**克制**跟她爭辯。

＊ 動詞解析

keep 後面接上 from 之後，就有「阻止……」的意思，其用
法跟 prevent from 很類似，都是事情還沒發生前，就先制
止住的意思，另外 keep from 還有「避開」的意思，可以用
avoid 來替換之。

❻ keep to 堅持

· **Keep to it**; you almost succeed.
  堅持住，你快成功了。

· She **kept to** her opinion and won the debate.
  她**堅持**她的意見，贏得了辯論。

∗ 動詞解析

keep 後面接上 to 的時候，其意思就變成了「堅持」，它的用法跟 insist to 和 stick to 類似，都是堅持某件事，或是堅持去做某件事，是很常見也很實用的用法。

❼ keep up with 跟上

· **Keep up with** your parents, or you'll get lost.
  跟上你的父母，否則你會迷路。

· I can't **keep up with** my schedule; I messed up.
  我**趕不上**我的進度，我搞砸了。

∗ 動詞解析

keep up 當作「跟上」的用法時，跟 catch up 類似，都有「趕上」的意思。此用法可用於實際的情況，例如趕不上公車，也可以用在比較抽象的事物上，例如某人的行程、進度。

kick 踢、踹

第三人稱單數
kick**s**

現在分詞
kick**ing**

動詞變化

過去式
kick**ed**

過去分詞
kick**ed**

常見用法

❶ kick a habit 戒除習慣

· He **kicked the habit**; he said he'll never drink again.
他**戒除**了**習慣**，他説他不會再喝酒了。

· I want my son to **kick the habit**, which playing video games all the time.
我希望我兒子**戒除**成天打電動的**習慣**。

＊ 動詞解析

kick a habit 中的 kick 是「踢除」的意思，也就是「戒除」的意思，kick a habit 中的 habit 通常指的是不好的習慣，另外，形容戒除習慣也可以用 break a habit 來形容。

❷ kick off 開始（比賽）

- The game **kicked off**, and all the fans screamed.
  比賽**開始**了，所有的粉絲都大叫。

- The match **kicks off** at three o'clock.
  比賽再三點的時候**開始**。

＊動詞解析

kick off 當作「開始」的意思是因為足球比賽都以踢球作為比賽的開始，所以久而久之 kick off 就有「開始」的意思。kick off 比較適用於形容「比賽」或「運動」的開始。

❸ kick sb. out 解雇；使某人退出

- My boss **kicked** him **out** because he was always late.
  我的老闆**解雇**他，因為他總是遲到。

- We **kicked** him **out** from our team because he was hard to work with.
  我們**將**他從團隊裡**退出**，因為他很難與人合作。

＊動詞解析

kick sb. off 的 kick 是「踢除」的意思，所以就有了「使……退出」的意思，而 kick sb. off 也可以當作「解雇」，「解雇」也可以使用 lay off，用法大同小異，都是將某人開除的意思。

knock 敲、擊、打

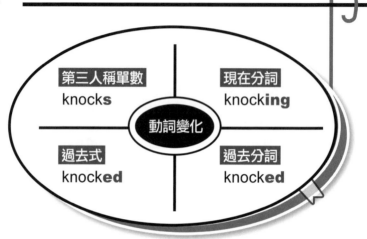

第三人稱單數	現在分詞
knock**s**	knock**ing**

動詞變化

過去式	過去分詞
knock**ed**	knock**ed**

 **常見用法**

❶ knock out (K.O.) 擊倒

· The bear **knocked out** that dog and the dog fainted.
那隻熊**擊倒**那隻狗，狗狗昏倒了。

· The police **knocked out** the thief and took him to the police office.
警察將小偷**擊倒**，並且帶他回警局。

* 動詞解析

knock out 中的 knock 是「擊」意思，而 knock out 是完完全全擊倒的意思，常常在遊戲中看到的 K.O. 其實就是 knock out 的縮寫，也就是將某人完全擊倒的意思。

❷ knock on wood 好險

· I passed the exam; **knock on wood**.
我考試過了，**好險**。

· I almost hit by that car; **knock on wood**.
我差點被車撞了，**好險**。

✱ 動詞解析

knock on wood 看字面上的意思是「敲擊木頭」，但其實不是這個意思。這是一個美國俚語，當你自認自己很幸運時，就可以說 knock on wood，其意思有點像是中文的「好險」。

❸ knock back
喝大量的酒；消耗錢財；使（某人）驚訝

· It really **knocked** me **back** when I heard they had been killed.
當我聽到他被殺的時候，我真的很**驚訝**。

· How can Henry **knock back** eight bottles of beer every day?
亨利怎麼可以每天**喝掉**八罐啤酒？

✱ 動詞解析

knock 後面接上 back 的時候，意思有很多種，其中比較不好猜的意思是「喝大量的酒」，其有「一口氣」喝掉很多酒的意思，算是特殊的用法。另外 knock back 當作使某人驚訝時，要變成 knock sb. back 的用法。

☞ laugh
☞ lay
☞ leave
☞ let
☞ live

☞ look
☞ make
☞ mess
☞ move

音檔雲端連結

因各家手機系統不同 ， 若無法直接掃描，仍可以至以下電腦雲端連結下載收聽。

（https://tinyurl.com/35bjywph）

laugh 笑；發笑

第三人稱單數
laughs

現在分詞
laughing

動詞變化

過去式
laughed

過去分詞
laughed

常見用法

① laugh at 嘲笑

· They **laughed at** me, because my accent is weird.
他們**嘲笑**我，因為我的口音很奇怪。

· Don't **laugh at** people who are different from you.
不要**嘲笑**那些你覺得跟你不一樣的人。

＊動詞解析

laugh 本身是「笑」的意思，若後面加上 at，就表示對特定的事物笑，若是特定對某些事物笑，也就有了「嘲笑」的意思，所以 laugh at 就是嘲笑的意思，後面可以接上人或是事情。

❷ laugh away 用笑掩飾

· My dad farted when we had dinner, and he tried to **laugh away** but we all found that.
我爸在我們吃晚餐的時候放了屁，他試圖**用笑掩飾**，但是我們都發現了。

· He was furious about the gossip but he **laughed away** and pretended that he didn't care about it.
他對於那個八卦感到生氣，但是他**用笑掩飾**並裝作不在意。

＊ 動詞解析

laugh away 就字面上看起來的意思是「用笑送走」，其實用笑送走的意思也就是用笑去掩飾，表示用笑去蓋過一些不想被發現的事情，讓別人不發現自己原本的情緒或意圖。

❸ burst out laughing 大笑、爆笑

· I heard the guy living next door **burst out laughing**.
我聽到住在我隔壁的男子突然**大爆笑**。

· When we heard his joke, we all **burst out laughing**.
當我們聽到他的笑話，我們全都**大爆笑**。

＊ 動詞解析

burst out laughing 中的 burst out 其實是「發生」的意思，但是若是接上形容情緒的字眼時，burst out 就變成形容某種情緒的突然爆發，使用 burst out 後面加上情緒時，有原本忍耐很久然後爆發或是突然的意味在。

lay 躺下；放置

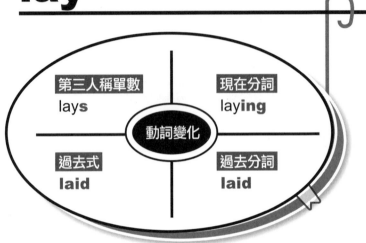

第三人稱單數
lay**s**

現在分詞
lay**ing**

動詞變化

過去式
laid

過去分詞
laid

 常見用法

❶ lay down 訂立（規則、秩序）

· My daughter **laid down** a new role - she said I can't smoke at home.
我女兒**訂立**了新規則，她說我不能在家裡抽菸。

· The teacher **laid down** rules for the class, and all the students hated the rules.
老師為班上**訂立**了規則，所以學生都討厭那些規則。

✱ 動詞解析

lay down 的 lay 指的不是放置的意思，雖然 lay down 也可以當作「放下」來使用，但是這裡的 lay down 指的是「訂立」的意思，是固定的用法，通常後面會接規則或是守則等等。

❷ lay into 責罵、批評

· My mom **laid into** me because my room ws too messy.
我媽**責罵**我，因為我房間太亂了。

· The public **laid into** the government because the government didn't solve the problems in time.
大眾**責罵**政府，因為政府沒有及時的處理問題。

✳ 動詞解析

> lay into 中的 lay 不是「放置」的意思，這裡的 lay 有點像是 lay the criticism into，後來簡短為 lay into 就變成了「責罵」和「批評」的意思，後面接上被責罵的對象。

❸ lay off 解雇

· Huang was **laid off** because she haven't come to work for 3 days.
小黃被**解雇**了，因為她已經三天沒來上班了。

· The CEO announced they would **lay off** 300 employees this season.
執行長宣布這一季會**解雇**300名員工。

✳ 動詞解析

> lay off 照字面上的意思就是「使某人離去」，引申的意思也就是「解雇」，這是很常用的用法，其比 fire 還要再正式一些，也可以變成是 lay sb. off 的形式。

leave 離開；留下

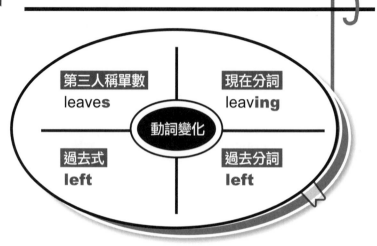

第三人稱單數
leaves

現在分詞
leaving

動詞變化

過去式
left

過去分詞
left

常見用法

① leave for 出發至某處；留（某物）給（某人）

· I'm **leaving for** U.S.A; good luck to me.
我要**出發**到美國了，祝我好運。

· My dad **left** a message **for** me; he said he's out for dinner.
我爸**留了**訊息給我，他說他要出去吃晚餐。

＊動詞解析

> leave for 後面若接的是地點，leave 的意思就是「離開」，
> 但如果是變成 leave sth. for sb. 的形式時，leave 的意思就
> 是「留下」，根據上下文就可以去判斷 leave 的意思。

❷ leave out 遺漏；排除

· Why did your parents **leave** you **out** of their vacation plans?
為什麼你爸媽把你**排除**在他們的度假計畫？

· Don't **leave** Jim **out**; he'll cry.
不要**遺漏**吉姆，他會哭。

＊動詞解析

leave out 中的 leave 其實是「留下」的意思，後面如果接上 out 的時候，其照字面上的意思就是「沒有留下」的意思，因此整句可以延伸成「遺漏」和「排除」的意思。

❸ leave behind 丟下（某人或某物）

· I think I **left behind** the credit card at the restaurant.
我想我把信用卡**丟**在那家餐廳了。

· Don't **leave** your stuff **behind** in the classroom.
不要把你的東西**丟**在教室裡。

＊動詞解析

leave behind 除了當作「丟下」的意思之外，也可以當成「落後」或「跟不上」的意思，指的就是遠遠在一般的水準之後，趕不上的意思。可以指實際距離的跟不上，或是進度和行程的跟不上。

let 讓；允許

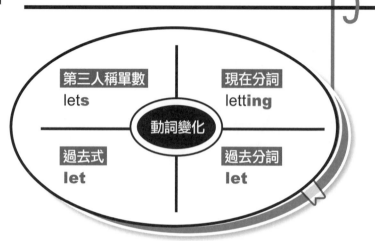

第三人稱單數
lets

現在分詞
letting

動詞變化

過去式
let

過去分詞
let

常見用法

❶ let sb. down 使（某人）沮喪

· My best friend **let me down**, because he hit on the girl I like.
我的好朋友**讓我難過**，因為他搭訕了我喜歡的女生。

· The scores **let me down**; I had tried so hard to prepare for the test.
這個分數**讓我沮喪**，我已經很努力的準備考試了。

＊動詞解析

let sb. down 照字面上來看的意思是「使某人在下方」，但是let sb. down 中的 down 指的不是「下方」的意思，而是「低落的情緒」。同義的句子還有 turn sb. down。

❷ let out 放出、釋放

· I am happy my brother was **let out** of prison early.
我很高興我哥終於要從監獄中被**釋放**出來了。

· As soon as he **let out** the dog from the cage, he was bite.
當他把狗狗從籠子中**放出**來，他就被咬了。

＊ 動詞解析

> let out 除了當作「放出」和「釋放」外，也可以做「發出」，
> 意思指的是發出聲音、製造聲音，例如 He let out a huge sign
> of relief. 「他發出安心的歎息聲。」此句就是指「發出」聲音
> 的意思。

❸ let it go (let it be) 放下；釋懷

· **Let it go**. Time will tell.
放下吧，時間會說明一切。

· You have to **let it go** and find another goal.
你必須**釋懷**並尋找新的目標。

＊ 動詞解析

> let it go 和 let it be 這兩個句子照字面上看的意思是「讓
> （它）繼續」或是「讓（它）這樣」，其實這兩句話說明的
> 是就讓事情維持現狀或讓事情繼續，但是抱持的態度是已經
> 事不關己了，所以就有「放下」的意思。

live 生活；住

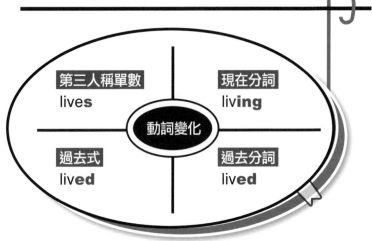

第三人稱單數
live**s**

現在分詞
liv**ing**

動詞變化

過去式
liv**ed**

過去分詞
liv**ed**

 常見用法

❶ live in 居住在

· They used to **live in** New York.
他們以前**住在**紐約。

· I want to **live in** Africa, because I love wild animals.
我想**住在**非洲，因為我愛野生動物。

* 動詞解析

live in 是很常見到的片語，此片語也很實用。live in 後面接的地點可以是生長地、居住地或是國家等等，另外 live in 還可以指「住校」或是「住在工作的地方」的意思。

❷ live on 以……為生

- The cannibals **live on** human flesh.
  食人族**以**人肉**為生**。

- I could **live on** bread, cheese, and ham.
  我可以**以**麵包、起司和火腿**為生**。

＊ 動詞解析

live on 是「以……為生」的意思，它除了指以食物為生之外，也可以指「靠……（收入）過活」，例如 They have to live on $200 a week. 為「他們必須靠一個禮拜 200 元過活。」。

❸ live together 同居

- After they tried to **live together**, they found there were a lot of problems between them.
  在他們嘗試**同居**過後，他們發現他們之間存在很多問題。

- We're **lived together** for a few years before we got married.
  我們在結婚前先**同居**了幾年。

＊ 動詞解析

live together 看字面上的意思是「住在一起」，此片語的確可以指某人和某人住在一起，但是也可以是「同居」的意思，若當作「同居」的意思來使用，其特別指的是未婚前的同居。

look 看

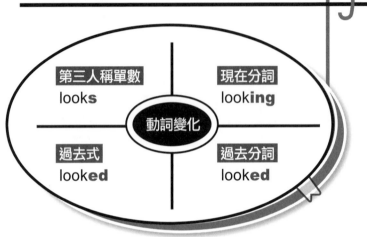

第三人稱單數 look**s**	現在分詞 look**ing**
過去式 look**ed**	過去分詞 look**ed**

動詞變化

常見用法

❶ look forward to 期盼

· I really **look forward to** my new school life. I wish I could meet some nice guys.
我真的很**期待**新的校園生活，我希望可以認識一些不錯的男生。

· We all **look forward** to the summer vacation.
我們都很**期待**暑假。

> *** 動詞解析**
>
> look forward to 就字面上的意思看來，是「向前看」，但這裡指的不是真的向前看，而是引申為「期盼」的意思。要注意的事，若要在 look forward to 後面加上動詞，記得要變為動名詞的形式。

❷ look up 查詢

· If you don't understand the word, go **look up** a dictionary.
如果你不懂這個字的意思，去**查查**字典。

· I spent some time **looking up** new vocabularies I have to learn in this essay.
我花時間**查詢**了這篇文章裡我要學的新單字。

＊ 動詞解析

look up a dictionary 是很常看到的用法，這裡的 look up 是「查詢」的意思，通常 look up 當「查詢」來使用時，後面接的對象是內容很多、無法馬上看完的東西。另外 look up 除了當作「查詢」之外，也可以當做「拜訪」、「好轉」的意思。

❸ look down on 看不起（某人）

· She **looks down on** me because I'm short.
她**看不起**我，只因為我很矮。

· He's arrogant; he **looks down on** everyone.
他很自大，他**看不起**所有人。

＊ 動詞解析

look down on 字面上的意思是「看低……」，而衍生的意思其實是「看不起（某人）」的意思，跟「鄙視」、「藐視」、「蔑視」一樣，其跟動詞 despise 相像。

make 做、製造；使人做某事

第三人稱單數
makes

現在分詞
making

動詞變化

過去式
made

過去分詞
made

 常見用法

❶ make it 成功、達到

· I tried my best to carry out my dream, and I **made it**.
我盡了我最大的力量達成夢想，然後我**成功**了。

· If you keep going, you'll finally **make it.**
如果你繼續努力，你終究會**成功**。

✱ 動詞解析

make it 中的 it 表示的是說話者曾提過的「目標」或是「夢想」等等可達成的事物，所以make it 就有了「成功」和「達到」的意思，這句是常常看見的用法，也很實用。

❷ make up 補償；編造（謊話）；和好

· Don't believe anything she says. She always **makes** things **up**.
  不要相信她講的話。那都是**編造**的。

· My parents finally **made up.**
  我的父母最後**和好**了。

✱ 動詞解析

make up 當作「編造」來使用時，後面接上的通常是謊言、故事等等無中生有的事情，另外 make up 也有「補償」的意思，若是形容人和人的關係，make up 就變成「和好」的意思。

❸ make sense 有道理、合理

· She said she's late because of the weather, but that doesn't **make sense** because it's sunny today.
  她說因為天氣的關係所以遲到了，但今天是晴天，所以聽起來並不**合理**。

· His words always **make sense**.
  他的話總是很**有道理**。

✱ 動詞解析

make sense 中的sense 有「感覺」、「理智」的意思，而 make sense 就引申為「有道理」和「合理」的意思，通常在表示認同或贊同的時候，就可以說 That makes sense，是很常用的口語用法。

mess 弄髒、弄亂

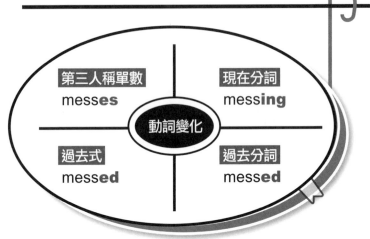

第三人稱單數
mess**es**

現在分詞
mess**ing**

動詞變化

過去式
mess**ed**

過去分詞
mess**ed**

常見用法

❶ mess around
閒混;惡劣對待(某人);與(某人)有不正當的關係

· She is always **messing** me **around** and never does what she promises.
她總是**對我很壞**,從來不信守承諾。

· He's been **messing about** with a woman he works with.
他一直跟一個一起工作的女人**有不正當的關係**。

＊動詞解析

mess around 有很多意思,後面接的對象通常都是人,若是接上人的時候,就有「惡劣對待」的意思,另外也可以指「有不正當的關係」,白話一點就是所謂的亂搞。

❷ mess up 弄亂、弄髒；搞砸

· Don't **mess up** the room, or your mom will kill you.
別把房間**弄亂**，不然你媽會殺了你。

· I **messed up** everything; I'm a loser.
我**搞砸**一切，我好失敗。

＊動詞解析

mess up 當作「弄亂」、「弄髒」時，通常後面會接上地點、地方或是環境，但是也可以形容是把事情弄亂。若是把事情弄亂，就有「搞砸」的意思，其用法跟 screw up 相同。

❸ mess with 惹惱

· You never **mess with** my dad; he's a wrestler.
你不要想**惹惱**我爸，他是摔角選手。

· She's so annoyed and stupid; she really **messes with** me.
她又煩又笨，簡直把我**惹惱**。

＊動詞解析

mess 是「弄亂」、「弄髒」的意思，若是後面加上 with 的時候，對象是人，mess with 就變成了「惹惱」的意思，意指讓別人快要生氣、不耐煩等等，跟 bother 相似但是不大相同。

move 移動

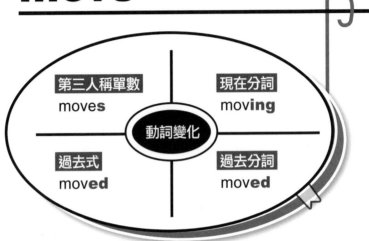

第三人稱單數
move**s**

現在分詞
mov**ing**

動詞變化

過去式
mov**ed**

過去分詞
mov**ed**

 常見用法

❶ move along 沿著；往前移動

· **Move along** this road, you'll find the supermarket.
　沿著這條路走，你會發現超市。

· The bus driver asked us to **move along**.
　公車司機叫我們往前移動。

＊動詞解析

move 是「移動」的意思，而 along 有「沿著」、「循著」
的意思，而 move along 就是有「沿著移動」的意思，也可
以延伸成「往前移動」，move along 跟 move 不一樣的地方
是 move along 有緩緩向前的意思。

❷ move on 繼續

- That's enough rest - it's time to **move on**.
  休息的夠久了，是時候**繼續**了。

- Though the past is beautiful, we still need to **move on**.
  雖然過去很美好，但是我們依然必須**繼續**前進。

＊動詞解析

move 是「移動」的意思，而 move on 有「繼續前進」的意思，也就是繼續進行某件事的意思，他跟 keep on 和 catch on的意思一樣，都是持續的進行後面所接的事情。

❸ move to 搬家、遷移

- This place is occupied by monkeys, so we need to **move to** a new place.
  這裡被猴子佔領了，我們必須**搬去**新的地方。

- The Wang family had **moved to** Africa.
  王家已經**搬去**非洲了。

＊動詞解析

move 是「移動」的意思，而 move to 後面若加上地點或是國家時，意思就變成「搬家」和「遷移」的意思，這可以用來形容人類的搬家，或是一般動物的遷移。

☞ pass   ☞ pull

☞ pay   ☞ push

☞ pick   ☞ put

☞ play

音檔雲端連結

因各家手機系統不同 , 若無法直接掃描，仍可以至以下電腦雲端連結下載收聽。

（https://tinyurl.com/5yc597n2）

pass 越過、通過

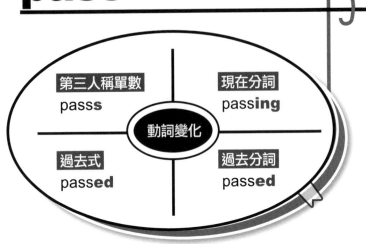

第三人稱單數
passs

現在分詞
passing

動詞變化

過去式
passed

過去分詞
passed

常見用法

① pass away 過世

· Her cat **passed away** last night, and she cried her heart out.
她的貓昨天**過世**了，她傷心欲絕。

· My grandpa **passed away** 10 years ago, and I still miss him very much even now.
我的爺爺已經**過世**10年了，到現在我還是非常想念他。

＊ 動詞解析

pass away 是「過世」的意思，相較於 die，pass away 是形容死亡的一種含蓄的說法，可以想成，人走了然後再也不回來，也就可以延伸到人死去的意思。

❷ pass by 路過

· I was just **passing by** when I saw the accident.
當事故發生的時候，我正好**經過**。

· When I was crying in the classroom, he was **passing by** and pretended that nothing happen.
當我在教室裡哭得時候，他**路過**然後假裝沒事發生。

＊ 動詞解析

pass 是「通過、越過」的意思。若在後面加上 by，就變成了路過、經過的意思，指的是從某人或某事的旁邊經過，另外如果是 pass sb. by 的形式時，就變成「忽略」的意思。

❸ pass out 昏倒

· Marry **passed out** when she saw a big cockroach.
瑪莉看到大蟑螂就**昏倒**了。

· He didn't eat anything in the morning, so he **passed out** in the meeting.
他早上一點東西都沒吃，所以在會議上**昏倒**了。

＊ 動詞解析

pass out 是「昏倒、失去知覺」的意思。這是固定的用法，其跟 faint 這個動詞意思一樣，另外若是變成 pass sth. out 的時候，指的就是分送、分發的意思。

pay 支付

第三人稱單數
pays

現在分詞
paying

動詞變化

過去式
paid

過去分詞
paid

 常見用法

❶ pay back 償還；報復

· I **paid back** the twenty dollars I'd borrowed.
我還了借來的二十元。

· I'm going to **pay** him **back** for that insult.
我要**報復**他對我的污辱。

＊動詞解析

pay 是「支付」的意思，那麼 pay back 如果照字面上來看，就是「支付回去」的意思，也就可以引申為「償還」，如果對象變成人的時候，pay back 的意思多半解釋為「報復」。

❷ pay attention 注意

· **Pay attention** to the teacher. She's announcing something important.
注意聽老師說話，他在宣佈重要的事情。

· **Pay attention** please - we're going to land off.
請注意，我們正準備降落。

＊ 動詞解析

pay 原本是「支付」的意思，但是如果後面加上 attention 的時候，整句就是「注意」的意思。這句是很常看到的用法，多半是叫對方停止做某些事，並注意到他所要講述的事情上。

❸ pay someone's respect 尊重

· You should **pay your respect** to your parents; you never know how difficult it was to raise a child.
你必須尊重你的父母，你永遠不知道養育小孩有多難。

· I can't **pay my respect** to him; he's not a good person.
我無法尊重他，他不是個好人。

＊ 動詞解析

pay someone's respect 照字面上看來是「支付某人的尊重」的意思，其實這裡的 pay 可以當作「給予」的意思，給予某人的尊重其實也就是「尊重」的意思，中文的用法可以不用直接從英文直翻。

pick 戳；挑選

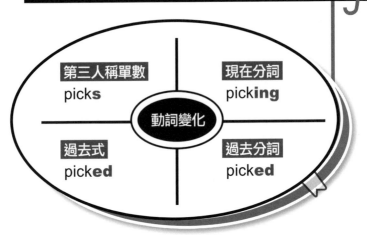

第三人稱單數	現在分詞
pick**s**	pick**ing**
動詞變化	
過去式	過去分詞
pick**ed**	pick**ed**

 常見用法

❶ pick sb. up 接某人

· I'm now going to **pick** my grandma **up** at the airport.
我現在要去機場**接**我奶奶。

· When will you **pick** me **up**?
你什麼時候要來**接**我？

＊動詞解析

pick sb. out 是很常用的用法，意指「接某人」，另外 pick
up 其實還有很多意思，例如形容事情有「起色」，或是當作
「勾搭」來用，另外如果是 pick oneself up 的用法時，是指
某人從失落中振作的意思。

❷ pick one's words 注意言行

· You have to **pick your words**, or people would think you're rude.
你必須**注意**你的**言行**，不然人們會覺得你很粗魯。

· He never **picks his words**, which makes him unpopular.
他從不**注意言行**，所以他不受歡迎。

＊ 動詞解析

pick one's words 的 pick 有「挑選」的意思，所以整句照字面上來看，就是「挑選某人的話」，引申的意思也就是「注意言行」，意指經過思考後才說出話的意思。

❸ pick on 故意找某人麻煩

· She keeps **picking on** me; I can't put up with it anymore.
她一直**找我麻煩**，我不能再忍受下去了。

· Jim is always the person that everyone **picking on**. Poor Jim.
吉姆總是眾人**找麻煩**的對象，可憐的吉姆。

＊ 動詞解析

pick on 就字面上的意思看來，是「挑……」的意思，若是後面接上人，就有「挑人」的意思，刻意的把人挑出來，其實就可以延伸成「欺負」的意思，有特地找人麻煩的意思。

play 玩;比賽;行動

第三人稱單數
play**s**

現在分詞
play**ing**

動詞變化

過去式
play**ed**

過去分詞
play**ed**

 **常見用法**

❶ play with fire 做危險的事

· Don't even try to have an affair with Jim's wife; you're **playing with fire**.
不要想試著跟吉姆的太太亂來,你在**做危險的事**。

· He's using the cat tickler to play with the lion; he's **playing with fire**.
他正在用逗貓棒跟獅子玩,他簡直在**玩火**。

✳ 動詞解析

play with fire 照字面上的意思就是「玩火」,玩火其實就是暗指「做危險的事」,也就是你不應該做,但卻去做的事情。這個用法很常見到,看到的時候不要以為是真的在玩火,而是指做危險的事情。

❷ play a role in 在⋯⋯中扮演角色

· My mom **plays an** important **role in** my life.
我媽媽**在**我**生命中扮演**很重要的**角色**。

· He **plays a role** as a psycho **in** that film.
他**在**那部電影裡**扮演**一個神經病的**角色**。

＊ 動詞解析

play a role in 就字面上看起來的意思是「在⋯⋯中扮演角色」，這裡指的不一定是要在戲劇、電影中扮演角色，也有可能是形容生命中、某個階段中扮演的角色，在 role 前面也可以加上形容詞，表達該角色的特性。

❸ play up to 巴結、奉承

· She has been **playing up to** the boss because she wants a promotion.
她一直**奉承**老闆，只因為想要升官。

· Jimmy wants to **play up to** the professor because he might be flunked this semester.
吉米想去**巴結**老師，因為他這學期可能會被當。

＊ 動詞解析

play up to 若就字面上來看，可能很難猜到有「巴結」和「奉承」的意思。這個用法跟 flatter 有點像，是指向某人阿諛奉承、巴結、討好、獻殷勤，以取得想要的東西。

pull 拉、拔

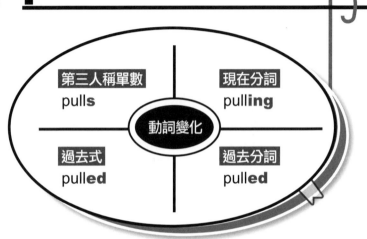

第三人稱單數
pulls

現在分詞
pulling

動詞變化

過去式
pulled

過去分詞
pulled

常見用法

❶ pull sth. out 移除、撤離

· People want the government to **pull** the troops **out**.
人們想要政府**撤離**軍隊。

· I **pulled** the TV **out** because it's too annoying.
我把電視**移除**了，因為電視很煩人。

＊ 動詞解析

pull sth. out 就字面上的意思看來是「將某個東西拉出」，其實延伸就會變為「移除」和「撤離」的意思，當作「撤離」來用的時候，通常跟撤除軍隊有關係，可以參考上方第一句的例句。

❷ pull someone's lag 開某人玩笑

· Don't **pull my leg**. You're not really mad at me, right?
別**開我玩笑**啦，你不是真的不爽我吧？

· I don't know whether Jim's **pulling my leg** or what.
我不懂吉姆是在**開我玩笑**還是在幹嘛。

＊ 動詞解析

> pull someone's leg 照字面上看起來是「拉某人的腿」的意思，但這俚語的的真正意思其實是「開某人玩笑」，且這種玩笑是無惡意，所說的話都不是真的，只是為了好玩的玩笑。

❸ pull oneself together 處理情緒

· Don't cry and **pull yourself together**.
不要哭，**整理**好你的**情緒**。

· When she heard her husband's death, she couldn't **pull herself together**.
幫她聽到丈夫的死訊時，她無法**處理**自己的**情緒**。

＊ 動詞解析

> pull oneself together 照字面上看來是「把某人拉在一起」，其實這裡的 pull 不是「拉」的意思，而是「整理」、「處理」的意思，把某人處理好也就可以衍生成「處理情緒」的意思。

<u>push</u> 推、壓

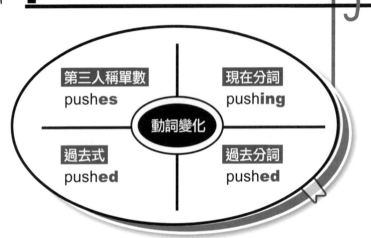

第三人稱單數
push**es**

現在分詞
push**ing**

動詞變化

過去式
push**ed**

過去分詞
push**ed**

常見用法

❶ push oneself 給予壓力

· He **pushed himself** in order to get the championship.
他給自己壓力，只為了要拿冠軍。

· I used to **push myself** in order to get better grades, but now I just want to live my life happily.
我曾經為了拿到好分數而**給予自己壓力**，但現在我只想開心過日子。

＊動詞解析

push oneself 照字面上看來就是「壓自己」的意思，若深入看這個意思，就可以變成「給自己壓力」，這是個很常用的用法，也可以變成 give someone pressure。

❷ push ahead 繼續進行（計畫）

· I **push ahead** my plan and keep my faith.
我**繼續進行**我的計畫並且保持信念。

· They keep **pushing ahead** the project about animal protection.
他們**繼續進行**關於動物保護的計畫。

＊ 動詞解析

push ahead 的 push 不是當作「推」或「壓」，而使當成「推行」的意思，而 ahead 的意思是向前進，所以 push ahead 就有了「繼續進行」的意思，通常後面接的是計畫或規劃等等的事物。

❸ push off 叫某人走開

· **Push off**. You're bothering me.
走開，你打擾到我了。

· I asked Mary to **push off** because her voice is too sharp to stand.
我叫瑪莉**走開**，因為她的聲音尖到難以忍受。

＊ 動詞解析

push off 中的 push 有「推開」的意思，而 push off 就是「叫某人走開」的意思，若要叫人走開，也可以使用 get lost, go away 等等的字眼，都有叫人離開的意思。

put 放

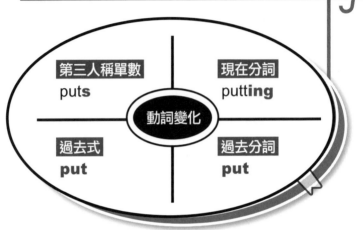

第三人稱單數
puts

現在分詞
putting

動詞變化

過去式
put

過去分詞
put

常見用法

❶ put in 投資、安裝

· If you want to start your own business, you need to **put in** 10,000 U.S dollars.
如果你要創業，你必須**投資**一萬元美金。

· We have to **put in** a whole new air conditioner system because the weather is getting hotter.
我們必須**安裝**新的冷氣系統，因為天氣開始變熱了。

✱ 動詞解析

put in 照字面上來看，是「放置」的意思，put in 的確可以單純當成「放置」來使用，不過這裡說明的是比較特別的用法，put in 也可以當成「投資」和「安裝」，當成投資來用時，後面要接上金額。

❷ put off 延後

· Because of some reasons, we have to **put off** our schedule.
因為一些原因，我們要**延後**行程。

· He asked the boss to **put off** his working schedule because he was sick.
他要求老闆**延後**他的工作進度，因為他生病了。

* 動詞解析

put 後面接上 off 就是「延後」的意思，也就是延期的意思，同義的動詞有 postpone，put off 後面接上需要延後的事物，另外 put off 的另一個意思有「反感」的意思。

❸ put up with 忍受

· I can't **put up with** my roommate; she's smoking all the time.
我不能**忍受**我的室友，她總是在抽煙。

· I can't **put up with** my neighbor's noise any longer; it's driving me mad.
我再也不能**忍受**鄰居製造的噪音，這讓我非常生氣。

* 動詞解析

put up with 是「忍受」、「忍耐」的意思，通常 put up with 都是以否定句的形式出現，同義的動詞可以使用 endure 和 stand 等等，put up with 算是固定的用法。另外補充 put up 後面不加 with 的話，意思是「提高」和「增加」。

R
/S

音檔雲端連結

因各家手機系統不同 , 若無法直接掃描，仍可以至以下電腦雲端連結下載收聽。

（https://tinyurl.com/zkmnfnmd）

raise 舉起、抬起

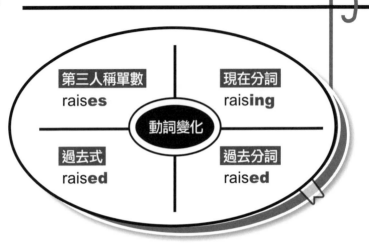

第三人稱單數
rais**es**

現在分詞
rais**ing**

動詞變化

過去式
rais**ed**

過去分詞
rais**ed**

 常見用法

❶ raise someone's eyebrows 表示驚訝、懷疑

· When he heard this news, he **raised his eyebrows**.
當他聽到這個消息時,他**表示懷疑**。

· I **raised my eyebrows** when I heard Lakers won the championship.
當我得知湖人隊得到冠軍時,我**表示驚訝**。

＊ 動詞解析

raise someone's eyebrows 照字面上的意思來看是「提起某人的眉毛」,其實這是在敘述提高眉毛的表情,通常提高眉毛的表情就是代表某人很驚訝、很懷疑的意思,所以這句話是拿來形容某人很驚訝和懷疑。

❷ raise someone's voice 發表意見

· He suddenly **raised his voice** in the class.
他突然在課堂上**發表意見**。

· The professor encourages all the students to **raise their voices**.
教授鼓勵所有學生**發表意見**。

✳ 動詞解析

raise someone's voice 照字面上的意思來看是「提高某人的聲音」，其實這句不是真的在講某人提高音量，而是引申為「發表意見」的意思。這裡的 voice 是代表「意見」的意思。

❸ raise up 養育

· He was **raised up** in New York City.
他在紐約**長大**的。

· My parents were not at home a lot when I was little, so I was **raised up** by my grandparents.
小時候我爸媽不常在家，所以我是由爺爺奶奶**扶養長大**的。

✳ 動詞解析

raise up 中的 raise 不是「提高」和「抬起」的意思，而是當作「養育」來使用，raise up 也常以被動式出現，be raised up 的意思和「養育」有一點不同，後面若接上地名，就是「在……長大」的意思。

reach 觸碰、達到

| 第三人稱單數 | 現在分詞 |
| reachs | reaching |
| 動詞變化 |
| 過去式 | 過去分詞 |
| reached | reached |

常見用法

❶ reach an agreement 達成協議

· They **reached an agreement**; they're getting a divorce.
他們**達成**了**協議**，他們要離婚了。

· My mom and I **reached an agreement** - I can go out on weekends.
我媽和我**達成協議**，我週末可以出去玩。

＊動詞解析

reach an agreement 中的 reach 並不是「觸碰」的意思，而是「達到」的意思，reach 後面若接上協議、合約、計畫之類的字眼時，其意思就是「達到」或是「達成」。

❷ reach out 伸手

· Don't **reach out** your hands while I am driving; it's very dangerous.
不要在我開車的時候**伸出手**，很危險。

· He **reached out** to catch the ball, but the ball hit on his face.
他**伸手**去接球，但是球卻打在他的臉上。

＊動詞解析

reach 後面如過接上 out 的時候，這裡的 reach 就變成了「伸展」的意思，所以 reach out 指的就是「伸手」，reach 除了當作「觸及」和「達到」來使用外，也可以當作「伸展」的意思。

❸ reach for the stars 設定難以達成的目標；想得美

· He was thinking of chasing the most beautiful girl in school; he's **reaching for the stars**.
他想追求全校最漂亮的女生，他簡直是**想得美**。

· Be practical; don't **reach for the stars**.
實際點，不要想要**設定難以達成的目標**。

＊動詞解析

reach for the stars 照字面上的意思就是「伸手觸碰星星」的意思，因為星星總是在遙不可及的地方，所以伸手去摸星星就是「設定難以達成的目標」的意思，更口語化的說法可以說對方是「想得美」。

A
B
C
D
E
F
G
K
L
M
P
R
S
T
W

read 閱讀；唸

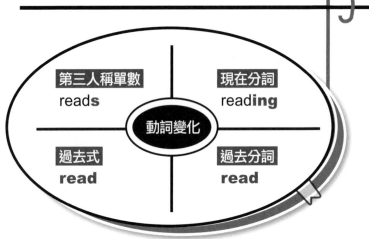

第三人稱單數
reads

現在分詞
reading

動詞變化

過去式
read

過去分詞
read

常見用法

❶ read someone's mind 解讀某人的想法

· Stop **reading my mind**. You don't know me at all.
不要**解讀我的想法**，你根本不瞭解我。

· He's my best friend, and he's the only person who can **read my mind**.
他是我最好的朋友，她也是唯一一個可以**解讀我的想法**的人。

* 動詞解析

read someone's mind 照字面上的意思就是「閱讀某人的內心」，其實精簡這句話的意思就會變成「解讀某人的想法」，也就是「瞭解」的意思，read 有時候可以當成「理解」的意思。

❷ read aloud 朗誦、大聲唸出

· His voice was like a bug humming, so the teacher asked him to **read aloud**.
他的聲音就有如蟲鳴一般，所以老師叫他大聲的**唸出來**。

· My roommate is fond of poems. He **read aloud** every poem he likes.
我的室友熱愛詩，他**朗誦**出每一篇他愛的詩。

＊ 動詞解析

read 除了當作「閱讀」的意思之外，有時候也當作「唸出」來使用，若是在read 的後面加上 aloud 或是形容聲音的字眼時，這時 read 就會當作「唸出」的意思。

❸ read sb. like a book 透徹瞭解某人

· My girlfriend **reads me like a book**, and that's why I love her so much.
我的女朋友**透徹的瞭解我**，這也是我之所以這麼愛她的原因。

· His father **reads him as a book**, so he never lies to him.
他老爸**透徹的瞭解他**，所以他從不向他爸撒謊。

＊ 動詞解析

read sb. like a book 照字面上來看是「像書一般的閱讀某人」，其實不是這個意思，而是因為看書需要很透徹的閱讀，所以當你像書一樣的閱讀某人時，就是很透徹了他的意思，這裡的 read 是當做「瞭解」的意思。

roll 滾動

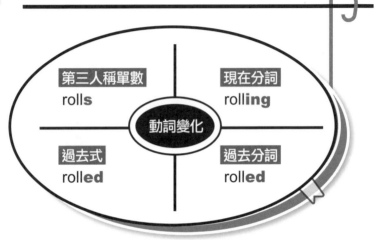

第三人稱單數
rolls

現在分詞
rolling

動詞變化

過去式
rolled

過去分詞
rolled

常見用法

❶ roll on 繼續進行

· No matter what happens, my life **rolls on**.
  不管發生什麼事，我的生命繼續。

· Although he was sick, he **rolled on** doing his research.
  雖然他生病了，他還是繼續進行他的研究。

＊ 動詞解析

roll on 的 roll 是當做「進行」的意思，而 roll 後面接上 on
就變成了「繼續進行」，roll on 的用法跟 keep on 和 go on
類似，都指的是繼續做某件事情的意思。

❷ roll up! 快來看

· **Roll up!** Mary is going to eat the bugs.
快來看！瑪莉要準備吃蟲了。

· **Roll up!** He's going to show some magic.
快來看！他要開始表演魔術了。

* 動詞解析

roll up 這句話有叫眾人聚集在一起的意思，有點像是呼朋引伴的叫大家在某一個地方一起看一件事情，roll up 叫大家過來的時候，帶著一點湊熱鬧的感覺。

❸ be ready to roll 準備好去做某事

· I feel good right now, and I'm **ready to roll**.
我感覺很好，我已經**準備好了**。

· He has packed all his luggage and **is ready to roll**.
他已經收拾好所有行李，也**準備好了**。

* 動詞解析

be ready to roll 照字面上來看，是「準備好開始滾動」的意思，其實準備好開始滾動，就是準備好開始行動的意思，這句話形容某人已經做好準備，並且開始進行下一個動作的意思。

A
B

C

D

E
F

G
K

L
M

P

R
S

T
W

run 奔跑；執行

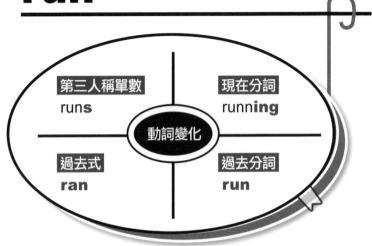

動詞變化

第三人稱單數	現在分詞
runs	runn**ing**
過去式	過去分詞
ran	**run**

常見用法

❶ run into 碰到、巧遇、撞到

· I **ran into** my ex-boyfriend on the street, and he was with a new girl next to him.
我在街上**碰到**我的前男友，而且他身旁跟著一個新的女生。

· The taxi driver almost **ran into** an old lady.
那台計程車幾乎要**撞到**一位老太太。

＊ 動詞解析

run into 的 run 並不是「奔跑」的意思，而是「遇到」的意思，相同的用法還有 come across、bump into、meet 等等，都是形容「巧遇」和「碰見」，另外 run into 也有「撞到」的意思。

❷ run out of 用盡、耗盡

· We **ran out of** gas, so we were stuck in the car.
我們的油**用完**了,所以被困在車上。

· We **ran out of** milk this morning, so we need to go to the store.
我們的牛奶**用完**了,所以我們必須去商店。

＊動詞解析

run out of 的 run 不是「奔跑」或是「執行」的意思,而是「消耗」的意思,所以 run out of 也就是「用盡」的意思,這是一個很常見的用法,後面除了加上物品之外,也很常加上時間,例如 run out of time。

❸ run through 練習、排演

· The cast **ran through** the play the day before it opened to the public.
演員們在劇要上演的前一天進行**排演**。

· We **went through** our presentation very carefully in order to present the best to the audience.
我們非常小心的**排演**報告,為了呈現給觀眾最好的一面。

＊動詞解析

run through 中的 run 有「執行」的意味,run through 就是執行完整的意思,也就可以延伸到「排演」和「練習」的意思,通常 run through 後面常接上劇、表演、或是需要呈現給別人看的事物。

rush 衝刺

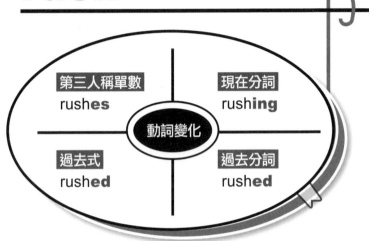

第三人稱單數
rush**es**

現在分詞
rush**ing**

動詞變化

過去式
rush**ed**

過去分詞
rush**ed**

 常見用法

❶ rush into 貿然、匆忙行事

· They don't want to be **rushed into** giving an answer.
他們不想**貿然**的回覆答案。

· I **rushed into** doing the paper, and it was rejected by my professor.
我**匆忙**的做了報告，而報告被教授退件了。

✱ 動詞解析

rush into 中的rush 是「衝刺」的意思，衝刺的做事情，就可以引申為「貿然行事」的意思，指的是在匆忙之中做出的事情，並沒有經過縝密的思考和完整的判斷後就執行。

❷ rush to do sth. 急促的做某事

· He **rushed to** return the email, and found that he sent it to the wrong person.
他急促的回覆了信件，然後發現他寄錯對象了。

· My mom was in a hurry, so she **rush to** cook and mistook salt as sugar.
我媽很急，所以她急促的煮飯，然後將鹽巴錯拿成糖。

* 動詞解析

rush to do sth. 其實跟 rush into 是類似的用法，意思也差不多，但是不同的地方是，rush into 是帶有知道自己匆忙的做事可能會引發不好的後果但是還是去做，而 rush to do sth. 比較像是在沒有選擇的情況下而匆忙去做某事。

❸ rush one's fences 亂來、亂了陣腳；著急

· I was so nervous in that meeting, so I said something that I shouldn't have said I **rushed my fences**.
我在會議上很緊張，所以講了不該講的話，我亂了陣腳。

· He **rushed his fences** when he saw his girlfriend with another guy.
當他看到她的女友跟其他男生在一起時，他感到著急。

* 動詞解析

rush one's fences 照字面上來看就是「衝去某人的圍欄」，其實這句話是形容當人碰到一些沒有料想到的狀況時，感到著急，所以自亂陣腳而做一些不該做的事情。

see 看見、看到

第三人稱單數
sees

現在分詞
seeing

動詞變化

過去式
saw

過去分詞
seen

常見用法

① see sb./sth. as sth. 看某人或某事為

· I **saw** Jim **as** my best friend, but he betrayed me.
  我視吉姆為我最好的朋友，但是他背叛了我。

· He **sees** wealth **as** nothing; he doesn't care about money.
  他視財富為無物，他不在乎金錢。

＊ 動詞解析

> see sb./sth. as sth. 的意思很好猜，就跟字面上看來是一樣的，除了翻成「視為」之外，其實 see 也有認為的意思，跟 take sb./sth. as sth.、consider sb./sth. as sth. 等等的用法相同。

❷ see through 看穿、識破

· I **saw through** the magician's tricks, and he was really pissed off.
我**看穿**了那個魔術師的伎倆，他很不爽。

· He **saw through** his girlfriend's lie and finally broke up with her.
他**識破**他女友的謊，然後最後跟她分手。

＊ 動詞解析

see through 就字面上的意思看來就是「看穿」，但是這裡的 see through 不是單純在講視覺上的看穿，而是有引申到對事物的「識破」，並非只侷限於視覺感官上，而有看清事情的意思。

❸ see you! 再會、再見

· I'll be back tomorrow, so **see you**!
我明天會回來，再見囉！

· Don't forget to bring your homework tomorrow; **see you**!
明天不要忘記帶你的作業，再見！

＊ 動詞解析

see you 是出現頻率很高的道別用語，他往往用在雙方很快會再見到的場合，並不是指長時間的道別，若要再強調短時間會見面的道別，也可以使用 see you around。

send 發送、寄

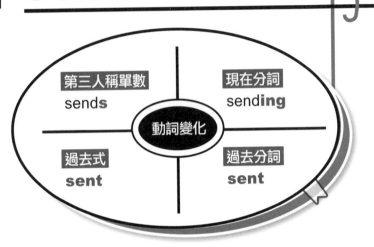

第三人稱單數 sends	**現在分詞** sending
動詞變化	
過去式 sent	**過去分詞** sent

常見用法

❶ send sth. off 寄送、發送某物

· I must **send** this letter **off** today.
我必須在今天**送出**這封信。

· You have to **send** the application **off** by July 7.
你必須在七月七號之前**送出**申請。

> ＊ **動詞解析**
>
> send sth. off 就是「寄送」、「發送某物」的意思，這裡補充send off 的另外一個意思，若是 send off 是以人為主的時候，就不是寄送某人的意思，而是「判出場」的意思，通常用在運動比賽上。

❷ send sth. back 歸還某物；送回

- If you're not satisfied with the meal in this restaurant, you should **send** it **back**.
  如果你不滿意這家餐廳的餐點，你應該**送回去**。

- After they broke up, he **sent** all his girlfriend's stuffs **back**.
  他們分手之後，他把所有他女友的東西**歸還**回去。

＊ 動詞解析

send sth. back 照字面上看來就是 「送回去」的意思，另外也可以當成「歸還」的意思，這裡的歸還跟 bring sth. back 又有點不太一樣，bring sth. back 指的是將物品歸還給物主，但是send sth. back 沒有侷限在東西本來就要屬於歸還的對象。

❸ send sb./sth. up 模仿某人某事

- The boy was standing at the front of the class, **sending** the teacher **up** when the teacher opened the door behind him.
  當老師開門站在男孩的身後時，他正站在教室前**模仿**老師。

- The show is set to **send** all the politicians **up.**
  那個表演是以**模仿**政治人物而設定的。

＊ 動詞解析

send sb./ sth up 這個片語裡的 send 不是「發送」或「寄送」的意思，整句是模仿的意思，但是這裡的模仿指的並不是一般的模仿，而是以嘲諷、諷刺、挖苦的方式去模仿。

set 放置；使處於

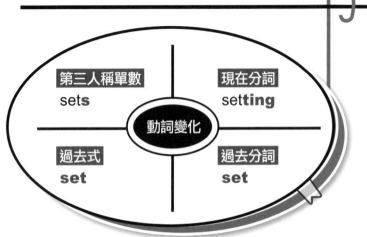

第三人稱單數
sets

現在分詞
setting

動詞變化

過去式
set

過去分詞
set

常見用法

❶ set about 著手進行

· When will you **set about** doing your research paper?
你要什麼時候**開始進行**你的論文？

· Mary is **setting about** applying for the graduate.
瑪莉正在**開始進行**申請研究所。

* 動詞解析

set about 是「著手進行」的意思，也就是開始做某事的意思，這裡的 set 不當作「放置」來看，而是有「處於某種準備好的狀態」的意思，所以整句才有「著手進行」的意思。

❷ set up 設定；安排

· Jim helped me to **set up** the computer; he's so nice.
吉姆幫我**設定**電腦，他人真的很好。

· I **set up** an appointment with my doctor at 3:30 this afternoon.
我**安排**了今天下午三點半跟醫生的會面。

＊ 動詞解析

set up 有「設定」和「安排」的意思，設定通常指的是電腦上、軟硬體設備上的安裝，另外當作「安排」來用時，可以指的是約會、會面和面談，另外 set sb. up 有「陷害」的意思。

❸ set out 出發、啟程

· The explorers **set out** for the South Pole yesterday morning.
探險家在昨天早上**出發**去南極。

· We **set out** for New York this morning for the summer vacation.
我們今天早上**出發**去紐約過暑假。

＊ 動詞解析

set out 是「出發」和「啟程」的意思，通常後面可以接上地點，代表出發的目的地，另外若 set out 是以 set sth. out 的形式出現時，這時候的意思就變成「陳列」、「展示」了。

show 顯示、露出

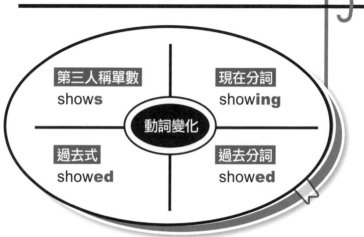

第三人稱單數
shows

現在分詞
showing

動詞變化

過去式
showed

過去分詞
showed

 常見用法

❶ show off 炫耀

· He kept **showing off** his new watch, which really annoyed people.
他一直在**炫耀**新手錶，讓大家覺得很煩。

· Jimmy **showed off** his scores to all of us, and that's really disgusting.
吉米**炫耀**他的分數給我們看，真的很噁心。

＊ 動詞解析

show 本身是「顯示」、「露出」的意思，而後面接上 off 就成了「炫耀」的意思，這是一個很常用也很實用的片語，如果要更誇張的炫耀，也可以使用動詞 boast，相較於 show off，此動詞有自吹自擂之意。

❷ show up 出現

- When I was in a danger, my dad suddenly **showed up** and rescued me; he's my hero.
  當我處在危險時，我爸突然**出現**並救了我，他是我的英雄。

- When we were having our meal in a famous restaurant, a rat suddenly **showed up**.
  當我們在一家有名的餐廳用餐時，一隻老鼠突然**出現**。

＊ 動詞解析

> show up 這個字的意思是「出現」的意思，可以指人的出現，也可以指一般事物的出現，甚至此用語可以當作「揭露」、「揭出」的意思，後面通常接祕密或是新聞一類的詞。

❸ show sb. who's the boss
宣誓主權、權威；讓某人知道誰說了算

- He doesn't know how to respect others; I will **show him who's the boss** here.
  他不知道要怎麼尊重其他人，我會**讓他知道誰說了算**。

- If he keeps crossing the line, we need to **show him who's the boss**.
  如果他繼續越界，我們必須**讓他知道誰說了算**。

＊ 動詞解析

> show sb. who's the boss 就字面上來看是「顯示給某人看誰是老大」，其實跟真的意思相去不遠，但這裡的 show 主要是當作「讓某人知道」的意思，這是一個很常見的用法，有宣誓主權的意味。

shoot 發射

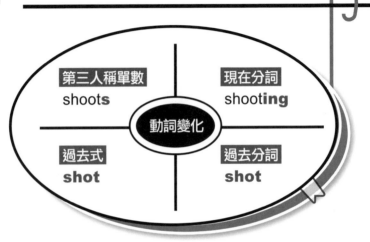

動詞變化

第三人稱單數
shoots

現在分詞
shooting

過去式
shot

過去分詞
shot

常見用法

① shoot questions at 快速提出一連串的問題

· The host kept **shooting questions at** the celebrity, which made the celebrity don't know how to answer.
那個主持人一直不斷地**提出一連串的問題**，這讓那個名人不知道怎麼回答。

· My son **shot questions at me** at the dinosaur museum.
我的兒子在恐龍博物館裡**快速的提出一連串的問題**。

＊動詞解析

shoot questions at 就字面上的意思看來，是「發射問題到⋯⋯」。其實與其真的意思相去不遠，就是快速的提出一連串的問題，讓被問到的對方有措手不及的感覺。

❷ shoot to fame 突然成名、受歡迎

· The anonymous **shot to fame** by his super popular YouTube videos.
那個無名小卒靠著他超受歡迎的YouTube 影片**突然成名**。

· The movie star **shot to fame** because of the Oscar awarded film.
那個電影明星因為奧斯卡的得獎電影**突然成名**。

＊ 動詞解析

shoot to fame 照字面上看來的意思是「發射成名」，但這裡的 shoot 不當發射的意思，而是有「突然」、「急速」的意思，所以 shoot to fame 就有了「突然成名」的意思，更白話一點的說法就是「暴紅」。

---

❸ shoot someone's mouth off 說不該說的話、洩露

· I promised to my brother that I won't reveal his secrets, but I **shot my mouth off** when I was talking to Dad.
我答應我哥不會揭露他的祕密，但是當我在跟爸爸講話時不小心洩露了。

· She always **shoots her mouth off** and says things she later regrets.
她總是**說不該說的話**然後事後再後悔。

＊ 動詞解析

shoot someone's mouth off 的shoot 是當做「射擊」的意思，而這裡將嘴巴比喻成上了子彈的槍，槍不小心射出子彈，也就變成嘴巴說了不該說的話，所以這整句就是在說講了不該說的話或是洩露的意思。

sign 簽、寫下

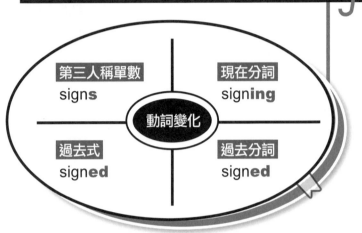

第三人稱單數
signs

現在分詞
signing

動詞變化

過去式
signed

過去分詞
signed

常見用法

❶ sign someone's name 簽名

· You need to **sign your name** here to make the document to be validated.
你必須在這裡**簽名**以讓這份文件生效。

· Please **sign your name** at the end of this document.
請在這份文件的最後面**簽名**。

＊動詞解析

sign someone's name 是一個很簡單也很常見的用法，指的是「簽名」的意思，這裡的簽名通常是指在簽署一些文件時的簽名，用以在使文件生效，或是簽上名以示負責。

➋ sign up 報名、登記

- Don't forget to **sign up** for the test.
  不要忘記**報名**考試。

- Mary has just **signed up** for the beauty contest; she felt very nervous.
  瑪莉剛剛**報名**了選美比賽,她感到很緊張。

＊ 動詞解析

sign up 就是「報名」和「登記」的意思,這用法很常看到,通常可以指報名和申請。另外在網站上也很常看到 sign up 這個用字,在網路上看到的 sign up 通常是指帳戶註冊的「註冊」。

➌ sign out 簽出;登出

- After the class, you need to **sign out** on the list.
  課堂結束後,你必須在名單上登記**簽出**。

- I forgot to **sign out**, and after a couple of hours I found my account hacked.
  我忘記**登出**了,然後過了幾個小時我發現帳戶被駭了。

＊ 動詞解析

sign out 就是 sign in 的反義,指的是「簽出」和「登出」的意思,用在網路上時,sign out 指的是「登出」帳戶,且通常為需要密碼和帳號的登出,這也是一個很常見的用法。

sit 坐

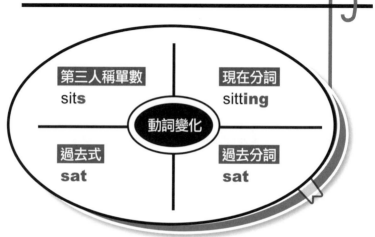

第三人稱單數
sits

現在分詞
sitting

動詞變化

過去式
sat

過去分詞
sat

常見用法

① sit up 坐正

· **Sit up**, or you will fall asleep.
  坐正，不然你會睡著。

· The teacher asked me to **sit up**, because I seemed to drift off.
  老師叫我**坐正**，因為我似乎要睡著了。

＊ 動詞解析

很常聽到 stand up，是叫人站起來的意思，那麼 sit up 呢？其實跟 stand up 差不多，sit up 是叫別人「坐正」，也就是挺起腰背直挺挺的坐起來。另外 sit up 另一個還有「仰臥起坐」的意思。

❷ sit by 袖手旁觀

· I can't **sit by** while they are punished wrongly.
當他們處罰不當的時候，我不能**袖手旁觀**。

· When my brother was yelling and asking for more candy, my dad just **sat by**.
當我哥吵著要糖吃的時候，我爸**袖手旁觀**。

＊ 動詞解析

sit by 照字面上的意思看來，就是「坐在旁邊」的意思，此句可以當作坐在旁邊的意思，但是也有引申的用法，也就是例句所説名的「袖手旁觀」，意指當事情發生時，卻只是坐在一旁，所以也就有了「袖手旁觀」的意思。

❸ sit with 與……相符

· It's hard to see if their new plan **sits with** the promises they have made.
很難看出他們的新計畫是否**與**承諾**相符**。

· He always keeps his words **sit with** his behaviors, so everyone calls him Mr. Honesty.
他的所作所為總是**與**他所説的話**相符**，大家都叫他誠實先生。

＊ 動詞解析

sit with 就字面上的意思來看，不好猜出 sit 的意思是什麼，這裡的 sit 其實是當作「相符」的意思，而不是「坐下」，sit with 就是「與……相符」和「與……一致」的意思。

shut 關上、關閉

第三人稱單數
shut**s**

現在分詞
shut**ting**

動詞變化

過去式
shut

過去分詞
shut

 常見用法

❶ shut down 關閉；停業

· Their factory has been **shut down** because they're bankrupt.
他們的工廠**停業**了，因為他們破產了。

· I forgot to **shut down** the computer; it was a waste of electricity.
我忘記**關**電腦了，實在很浪費電。

＊動詞解析

shut down 中的 shut 是「關閉」的意思，shut down 則是「關閉」和「停業」的意思，若是用在電子設備上，shut down 指的就是「關閉」，但若是指商店或產業，則 shut down 指的是「停業」，為永久的關閉。

❷ shut sb. away 使某人隔離

· They **shut** the psycho **away** in order to do research on him.
他們**將**那個瘋子**隔離**以在他身上做研究。

· My parents **shut** me **away** because I skipped my class; I was grounded.
因為我蹺課,我的父母**將我隔離**起來,我被禁足了。

＊ 動詞解析

shut sb. away 就字面上看起來是「將某人關閉」,其實引申的意思也就是「使某人隔離」,通常 shut sb. away 指的是將某個人關進一個密閉的空間裡, 使他不能接觸到外界。

❸ shut one's mouth off 住嘴、閉嘴

· **Shut your mouth off**. You're talking nonsense.
閉嘴,你在胡言亂語。

· Marry really got pissed off and she asked Jim to **shut his mouth off**.
瑪莉真的被惹惱了,他叫吉姆閉嘴。

＊ 動詞解析

shut one's mouth off 看字面上的意思是「使嘴巴關閉」,其實也就是所謂的「住嘴」、「閉嘴」,這跟 shut up 是同樣的意思,比較不大一樣的地方是,shut up 的用法較直接,而 shut one's mouth off 則較收斂一點,但兩者都還是有點粗魯。

stand 站著、站立

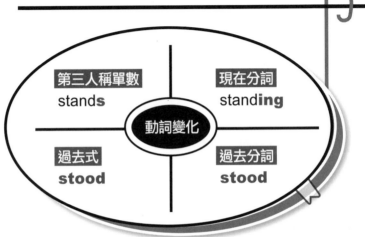

第三人稱單數
stands

現在分詞
standing

動詞變化

過去式
stood

過去分詞
stood

 常見用法

❶ stand by 待命；支援某人

· Even though it's Saturday, my boss still asks me to **stand by**, because he might have some tasks for me to do.
就算是星期天，我的老闆仍叫我**待命**，因為可能會有任務要我做。

· No matter what happens, I'll always **stand by** you.
不管發生什麼事，我會永遠**支持**你。

＊ 動詞解析

stand by 照字面上的意思就是「在旁站著」，如果一個人一直在旁站著，其實也就是處於一個準備好的狀態，所以就可以衍生為「待命」的意思。另外 stand by 也有「支持」的意思。

❷ stand for 代表;容忍

· What does U.F.O. **stand for**? It stands for unidentified flying object.
U.F.O.代表什麼?代表不明的飛行物體。

· No one can **stand for** our boss; he's totally a control freak.
沒有人可以**忍受**我們的老闆,他根本是個控制狂。

✳ 動詞解析

stand for 這裡有兩個意思,先說第一個意思「代表」,通常 stand for 是在說明某個縮寫的意思,例如例句的第一句。第二個意思則是「容忍」,stand 除了當「站立」,也有「忍受」的意思,跟 put up with 和 endure 的用法相同。

❸ stand out 顯著;傑出

· Mary is so beautiful! She really **stands out** in the crowd.
瑪莉好美!她在人群中**一眼就看出**來了。

· She **stood out** from the crowd in selection and was offered that job.
她在選才中表現**傑出**,並且得到工作。

✳ 動詞解析

stand out 照字面上來看,就是「站出來」的意思,換句話說也就是突出,所以 stand out 可以延伸為「顯著」、「傑出」的意思。另外還有一個形容詞 outstanding(優秀的)也是從這個意思發展出來的。

stick 黏貼；刺；堅持

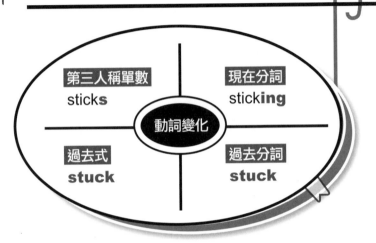

第三人稱單數
sticks

現在分詞
sticking

動詞變化

過去式
stuck

過去分詞
stuck

 常見用法

❶ stick to 堅持；繼續嘗試

· No matter how difficult it is to reach my goal, I'll **stick to** my dream.
不管達成目標有多困難，我會**堅持**夢想。

· Though the professor didn't like his topic, he still **stuck to** what he wants to do.
雖然教授不喜歡他的主題，他繼續**堅持**在他想做的事上面。

＊動詞解析

> stick to 的 stick 或許可以解釋為「黏」的意思，一直黏在一件事情上面，也就可以將 stick to 衍生成「堅持」和「繼續嘗試」的意思，這個片語很常見也很常用，一定要學起來。

❷ stick up for 為……辯護；維護

· In order to protect yourself, you must **stick up for** yourself.
  為了保護你自己，你必須**為自己辯護**。

· Michael joined the army because he believes he must **stick up for** his country.
  麥克加入軍隊因為他相信他必須**維護**國家。

＊動詞解析

stick up for 可把他想成是「挺身而出」的感覺，所以有了「為……辯護」和「維護」的意思，通常 stick up for 後面接的是辯護和維護的對象，可參考上面兩句例句的用法。

❸ stick it out 忍受下來、堅持到底

· Many of them **stuck it out** in darkened homes after a typhoon.
  颱風過後，許多人在黑暗的房子中**撐下去**。

· You have to **stick it out**, because math is a required course.You need to get the credit to graduate.
  你必須**堅持到底**，因為數學是必修課程。要畢業就一定要拿到學分。

＊動詞解析

stick it out 是「忍受下來」和「堅持到底」的意思，其中it 表示說話者或句子中所指的事件，他跟 stick to 不一樣的地方是，stick it out 有咬著牙撐過並且花費很多力氣的感覺。

T

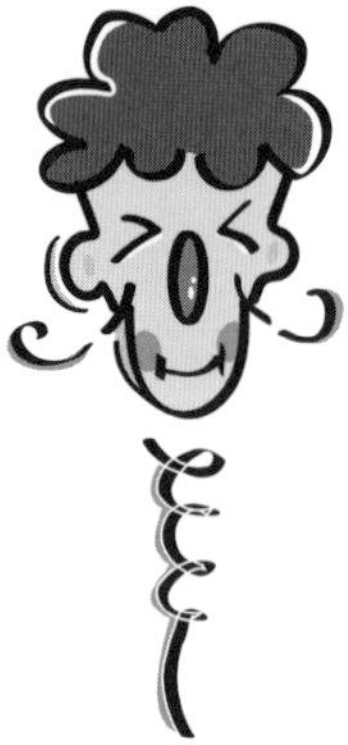

/W

☞ take   ☞ wait

☞ tear   ☞ walk

☞ throw   ☞ watch

☞ tie   ☞ wear

☞ try   ☞ work

☞ turn

音檔雲端連結

因各家手機系統不同 ， 若無法直接
掃描，仍可以至以下電腦雲端連結下
載收聽。

（https://tinyurl.com/w83b76cj）

take 拿；取；握

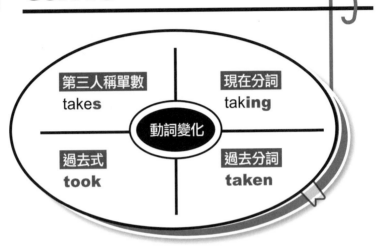

第三人稱單數
take**s**

現在分詞
tak**ing**

動詞變化

過去式
took

過去分詞
taken

 常見用法

❶ take place 舉行

· When will the concert **take place**?
那場演唱會會在什麼時候舉行？

· Our game **takes place** at the stadium at 3 p.m.
我們的比賽會於下午三點在體育館舉行。

＊動詞解析

take place 是一個固定用法，其中的 take 不當作「拿」或「取」等等的相關意思，take place 的意思就是「舉行」的意思，後面可以接著相關事物舉行的時間或地點。

② take sb. as sth. 將某人當作⋯⋯

· I **take** him **as** my best friend, but he finally betrayed me.
我**將**他**當作**最好的朋友,但他最後背叛我。

· He **takes** Mary **as** his true love, so he devoted himself to her.
他**將**瑪莉**當作**真愛,所以他對她付出所有。

＊ 動詞解析

take sb. as sth. 中的 take 是當坐「將」來使用,所以 take sb. as sth. 就是「將某人當作」的意思,跟此片語用法和意思相同的片語還有 see sb. as sth., consider sb. as sth. 等等。

③ take control 控制

· He's a control freak; he loves to **take control** on everything.
他是個控制狂,他熱愛**控制**每一件事情。

· The flood now is **taken control** by the government, but we still have to be careful.
政府已經**控制**了洪水,但我們仍須小心。

＊ 動詞解析

take control 其實也就是動詞的 control 的意思,比較不一樣的地方是,take control 多了 take ,有強調控制大局的感覺,take 在這裡應該是「握有」或「把持」的意思,多了強調的意思。

❹ take part 參與、出席

· Why don't you **take part** at that party?
  你為什麼不**出席**那場派對？

· My professor asked me to **take part** at the seminar, but I rejected.
  我的教授叫我**參與**那場研討會，但是我拒絕了。

✳ 動詞解析

take part 照字面上的意思來看，就是「拿一部份」的意思，其實這裡不是真的拿一部份，而是有當成一份子，而衍生成「參與」和「出席」的意思，take part 是一個很實用也很常見的用法。

❺ take after 相似、像

· He **takes after** his father, a drunkard.
  他**像**他的父親，醉漢一個。

· I really **take after** my mother; people say we look like sisters.
  我真的很**像**我媽媽，人們說我們像姊妹。

✳ 動詞解析

take after 是一個固定且特殊的用法，take after 是「相似」和「像」的意思，這裡形容的不只是只有容貌上面的相像，也可以指個性、作為和性格上的相像。

❻ take sb./sth. out
帶某人出去;帶走某物、拿掉某物

· You need to **take** that paragraph **out** of your essay because it doesn't make sense.
你必須從文章中**拿掉**那一段,因為看起來不合理。

· Jim **took** me **out** for the movie, and I really enjoyed it.
吉姆**帶**我**出去**看電影,我真的很享受。

＊動詞解析

take sb./sth. out 就如字面上的意思一樣,是「帶某人出去」或是「拿走某物」的意思,若是當作「帶某人出去」的意思來用時,也可以使用 bring sb. out,這兩個片語的意思是相同的。

❼ take sth. off 去除;脫下、脫去

· She **took** her shirts **off** and found there a huge bruise on her belly.
她**脫掉**她的衣服然後發現肚子上有一大塊瘀青。

· You need to **take** your shoes **off** when you get in my house.
當你進來我的房子時,你必須**脫掉**鞋子。

＊動詞解析

take sth. off 就字面上的意思來看,是「把……拿掉」的意思,其實這就可以延伸到「脫掉」或「去除」的意思,另外補充另一個用法,若變成 take off 的形式,這裡指的是飛機起飛的意思。

tear 撕開

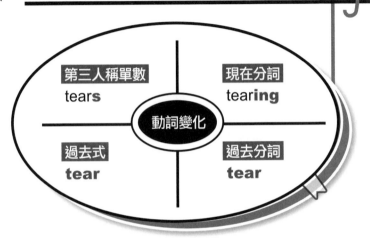

第三人稱單數
tears

現在分詞
tearing

動詞變化

過去式
tear

過去分詞
tear

常見用法

① tear someone's heart out 使某人傷心欲絕

· You **tear my heart out** when you said you don't love me anymore.
當你說你不愛我的時候，簡直**讓我傷心欲絕**。

· Jim **tear Mary's heart out** when she found that Jim had an affair with her best friend.
當瑪莉發現吉姆跟她最好的朋友亂搞時，**瑪莉傷心欲絕**。

* 動詞解析

tear someone's heart out 就字面上來看，是「把某人的心撕裂」的意思，這就跟「傷心欲絕」是一樣的意思。另外一個形容傷心欲絕的說法可以使用 cry someone's heart out。

❷ tear sth. up 撕裂；毀壞

· My dad **tear** my homework **up** because I didn't pay attention to what I was writing.
我爸把我的功課**撕毀**，因為我沒有專心在我寫的東西上面。

· I always **tear up** my personal papers before I throw them out.
我總是把個人筆記在丟掉之前先**撕毀**。

✳ 動詞解析

tear sth. up 就字面上看來就是「撕裂」和「毀壞」的意思。tear 通常是指可以透過撕裂而毀壞的東西，例如紙張、塑膠紙或好撕裂的東西，所以雖然這裡的 tear up 有毀壞的意思，對象也只侷限於此。

❸ tear sb./sth. to pieces 嚴厲的批評

· After my presentation, my professor **tear** my report **to pieces**.
在我報告完之後，我的教授**嚴厲的批評**我的報告。

· The politician was **tear to pieces** after the scandal broke out.
在醜聞爆發之後，那個政治人物遭到**嚴厲的批評**。

✳ 動詞解析

tear sb./sth. to pieces 看字面上的意思是「將某物撕裂成碎片」，其實這裡的意思是將某個東西批評到體無完膚，也就有了「嚴厲的批評」的意思，通常批評的對象可以是事情或是人物。

A
B
C
D
E
F
G
K
L
M
P
R
S
T
W

throw 丟；擲

第三人稱單數
throw**s**

現在分詞
throw**ing**

動詞變化

過去式
threw

過去分詞
thrown

常見用法

① throw away 丟棄

· He **threw away** the trashes and went back to his house but found that he didn't bring the keys.
他**丟棄**垃圾之後回家，然後發現沒有帶鑰匙。

· If you don't need the documents, just **throw** them **away**.
如果你不需要那些文件的話，請**丟掉**。

＊ 動詞解析

throw 的意思是「丟」，如果後面加上 away 就會變成「丟掉」，跟 throw 不同的地方是，throw 指的只有「丟、擲」，但是 throw away 通常指的是丟掉不要的東西，兩者還是有差別。

❷ throw up 嘔吐

- If he keeps talking in this way, then I'm going to **throw up**.
  如果他繼續以這種方式講話的話，我就要**吐**了。

- I felt very uncomfortable when I got on the plane, and later on I **threw up**.
  搭上飛機的時候我覺得很不舒服，不久後我就**吐**了。

＊ 動詞解析

> throw up 中的throw 不是丟的意思，這個片語是固定的用法，意指「嘔吐」，是個很常見的片語，與另外兩個動詞 vomit 和 puke 相同，都是指「嘔吐」的意思。

❸ throw oneself at sth. 盡心盡力去做某件事

- He **threw himself at** that exam, but he failed.
  他**盡心盡力**的在考試上，但是失敗了。

- I **throw myself at** my dream job, and I believe I'll succeed one day.
  我**盡心盡力**的在夢想的工作上面，我相信有一天我會成功。

＊ 動詞解析

> throw oneself at sth. 有把某人完完全全丟置在某件事上面的意思，因此引申起來就有「盡心盡力去做某件事」的意思，若要形容這種狀況，也可以使用 devote oneself to，意思是一樣的。

tie 繫；捆

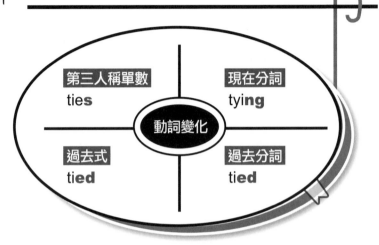

第三人稱單數
ti**es**

現在分詞
ty**ing**

動詞變化

過去式
ti**ed**

過去分詞
ti**ed**

常見用法

① be tied 平手

· The game was so exciting. Both teams **were tied** with each other in the end.
那場比賽很刺激，最後雙方平手。

· Our team **was tied** with them, and that made us very humiliated.
我們的隊伍跟他們平手，這讓我們覺得很羞辱。

＊動詞解析

be tied 常見的用法，除了有綁住的意思之外，另外還有「平手」、「不分上下」的意思，在比賽中常看到這個用法，算是固定和特殊的用法，可參考例句。

❷ tie sb. down 限制某人

· Marriage will **tie** you **down**.
  婚姻會把你**限制**住。

· The contract **ties** the athlete **down**; he can't be traded at least for two years.
  合約將那個運動員給**限制**住，他至少兩年不能被交易。

✳ 動詞解析

tie sb. down 照字面上看起來是「將某人綑住」的意思，而實際意思也差不多，衍生為「限制」的意思，因為 tie 原先是綑住的意思，所以也可以解釋為「限制」。

❸ tie in 與……相吻合

· The theory **ties in** with what the police have been saying.
  這個理論與警察所說的**相吻合**。

· Her words **tied in** with the evidence. She's innocent.
  她所說的話跟證據**吻合**。她是清白的。

✳ 動詞解析

tie in 是「與……相吻合」的意思，這裡的 tie 不當「捆」來用，而當「符合」來解釋，其用法跟先前講過的片語 sit in 的用法相像，兩者都是指事情互相吻合。

try 嘗試

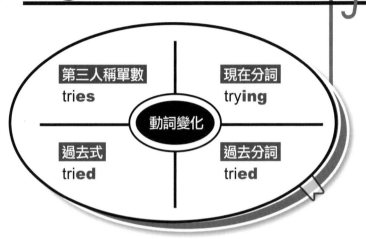

第三人稱單數	現在分詞
tries	trying
動詞變化	
過去式	過去分詞
tried	tried

常見用法

❶ try someone's luck 碰運氣

· Though I've made efforts, I still need to **try my luck.**
雖然我已經很努力了，我仍須要**碰碰運氣**。

· He's hopeless, but still decides to **try his luck.**
他沒希望了，而他決定要**碰碰運氣**。

> **＊ 動詞解析**
>
> try someone's luck 照字面上看來是「嘗試某人的運氣」，其實意思差不多了，試試運氣也就是「碰運氣」的意思，這句可以用在當某人對某事不抱期望時，最後孤注一擲的想法。

❷ try sth. out 試用；試驗

· **Try out** this massage chair - it feels awesome!
  試用看看這個按摩椅，超舒服！

· Scientists are **trying out** a new drug in the fight against the disease.
  科學家正在試驗新的藥，用來對抗疾病。

✳ 動詞解析

try sth. out 是「試用」的意思，若是在講比較專業的東西，這時候try out 就會變成「試驗」的意思，根據上下文來判斷，try out 可能會是「試用」或是「試驗」，可以參考上面的例句來判斷。

❸ try for 爭取

· After I quit, I **tried for** many new jobs.
  在我辭職後，我爭取許多新的工作。

· She did her best in order to **try for** the beauty queen crown.
  她盡她最大的努力來爭取選美皇后的后冠。

✳ 動詞解析

try for 可以當作普通的嘗試，但也可以當作「爭取」。若是當作「爭取」來用，try 就不是「嘗試」的意思，而是有「盡一切努力」的意思，盡一切努力得到也就有了「爭取」的意思。

turn 轉向

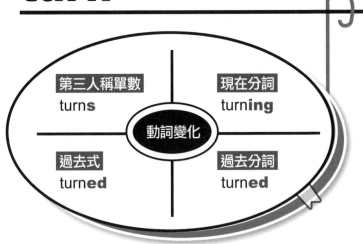

第三人稱單數
turns

現在分詞
turning

動詞變化

過去式
turned

過去分詞
turned

 常見用法

❶ turn into 變成

· When she kissed the frog, it **turned into** a handsome prince.
當她親那隻青蛙時，牠**變成**了很帥的王子。

· After the typhoon, the town **turned into** ruins.
颱風過後，小鎮**變成**了廢墟。

＊ 動詞解析

turn into 是「變成」的意思，通常這個「變成」形容的是事物變化很大，發生完全不一樣的變化，原些東西變成截然不同的事物時，就可以使用 turn into。

❷ turn out 結果是

- She **turned out** to be the murderer after all.
  最後**結果**她竟然是謀殺犯。

- It looked as if we were going to fail, but it **turned out** well in the end.
  原本看起來我們要失敗了，但最後**結果**是好的。

∗ 動詞解析

turn out 是「結果是」的意思，他跟 turn into 乍看之下有點相像，但是其實不大一樣。turn out 說的是「結果」的陳述，大多是一種狀態，或是一個事實，而 turn into 的範圍比較小。

❸ turn sb. down 使……沮喪

- He always breaks his promises, which always **turns me down**.
  他從不信守承諾，他總**讓我沮喪**。

- My dad said he would take us to the Disney land, but he **turned us down** again.
  我爸說他會帶我們去迪士尼樂園，但他又再**讓我們沮喪**了。

∗ 動詞解析

turn sb. down 照字面上來看就是「將某人轉向下方」，其實這不是指實際將對方轉移到下方，而是引申為「讓某人失望」的意思，其意思和用法跟 let sb. down 是一樣的。

wait 等待

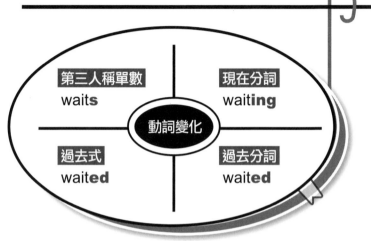

第三人稱單數
wait**s**

現在分詞
wait**ing**

動詞變化

過去式
wait**ed**

過去分詞
wait**ed**

常見用法

❶ wait in line 排隊

· If you want to get the most delicious donut in the world, you have to **wait in line** to get one.
如果你想得到世界上最好吃的甜甜圈，你必須**排隊**。

· There were a lot of people **waiting in line** to buy the concert tickets this morning.
今天早上那邊有一大堆人**排隊**買演唱會的票。

> ＊動詞解析
>
> wait in line 的line 指的不是一般的線，而是「隊伍」的意思，所以整句照字面上來看就是「在隊伍上等待」，其實也就可以延伸到「排隊」的意思去了，wait in line 的出現頻率頗高，也很實用。

❷ wait up 等候某人而不睡

· I was worried and **waited up** until they got home safe and sound.
我擔心得**沒有睡覺**，直到他們平安的回到家。

· Let's **wait up** for Mary to see how her date went.
我們**等**瑪莉回來**再睡**，看看她的約會如何。

✳ 動詞解析

wait up 的意思是「因為等候某人所以不睡覺」，通常wait up 的不睡覺就是指熬夜的意思，直到某人出現或得到某人的音訊才去睡覺。另外 wait up 也可以當作祈使句來使用，當作祈使句就是等候的意思。

❸ wait for 等候

· I've been **waiting for** a girl like you to come into my life. I do love you so much.
我一直在**等**一個像妳這樣的女生進入我的生命裡。我真的好愛妳。

· Hurry up, I'll **wait for** you at the coffee shop.
快點，我會在咖啡店**等**你。

✳ 動詞解析

wait for 是「等候」的意思。通常 wait for 後面接上人或是物，例如上方例句。這裡的 wait for 沒有別的意思，單純的代表「等候」的意思，而後接介系詞 for 是固定用法。

walk 行走

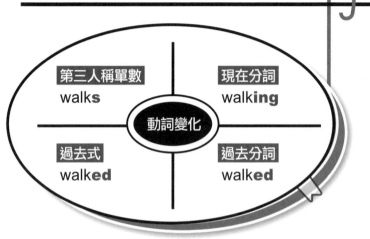

第三人稱單數
walk**s**

現在分詞
walk**ing**

動詞變化

過去式
walk**ed**

過去分詞
walk**ed**

常見用法

① walk away with 輕鬆獲勝

· The German soccer team just **walked away with** the championship.
德國的足球隊**輕鬆的獲得**了冠軍。

· John won the tennis match with no difficulty; he **walked away with** it.
約翰毫無困難的贏得了羽球賽,他**輕鬆獲勝**。

> *** 動詞解析**
>
> walk away with 照字面上的意思是「走著帶走」,但整句所指的意思是「輕鬆獲勝」或「輕鬆取得某物」,甚至還有「順手牽羊」的意思,共同點都是不費很多力氣就達成。

❷ walk up 走過來

· A man **walked up** and asked me what the time was.
一個男人**走過來**問我時間。

· I **walked up** to Jim and slapped on him.
我**走向**吉姆並且給他一個巴掌。

＊ 動詞解析

walk up 有「走近」、「走過來」的意思，另外也可以當作叫別人「進來」時的用語，是比較不正式的「請進」，如果是名詞的形式，walk-up 的意思就更不一樣了，指的是沒有電梯的公寓或大樓。

❸ walk out 罷工；退場

· The workers **walked out** because they felt that safety wasn't being handled correctly.
工人們**罷工**，因為他們認為安全問題並沒有妥當處理。

· The seminar is so boring so I **walked out** in the half.
研討會太無聊了，所以我中途就**離場**了。

＊ 動詞解析

walk out 並不是「走開」的意思，它是「罷工」或「退場」、「離場」的意思。當作「退場」來使用時，通常 walk out 是為了表示「不滿」或是「生氣」而離場。

watch 觀看；察覺

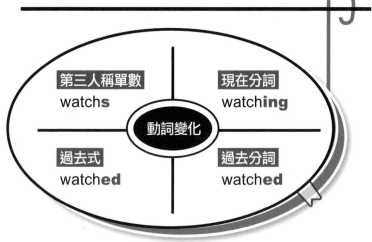

第三人稱單數
watch**s**

現在分詞
watch**ing**

動詞變化

過去式
watch**ed**

過去分詞
watch**ed**

常見用法

❶ watch out for 注意

· **Watch out** for that stranger; he seems a little weird.
  注意那個陌生人，他似乎有點怪怪的。

· **Watch out** for your steps because the room is quite dark.
  注意你的腳步，房間很暗。

＊ 動詞解析

watch out for 中的watch 不是「觀看」或是「察覺」的意
思，這裡是當成「注意」來使用。watch out 單獨拆開來看的
時候，也可以當作「注意」的意思；而 watch out for 後面接
的是要注意的人或是事。

❷ watch over 照顧管理；監控

· The teacher **watched over** the students when they did the experiment.
當學生做實驗的時候，老師**監控**他們。

· When my parents are busy, they ask Mrs. Wang living next door to **watch over** me.
當我父母很忙的時候，他們會叫住在隔壁的王太太**照顧**我。

✱ 動詞解析

watch over 有「照顧管理」和「監控」的意思，這裡的 watch 是指「小心翼翼的觀看」，所以就有了「監控」的意思，另外 watch over 也可以當作「看守」的意思。

❸ watch oneself 自我管理

· You need to learn how to **watch yourself**, so you will get your time well arranged.
你必須學會**自我管理**，這樣你才會好好分配時間。

· I asked Jim to **watch himself**, but he doesn't know how to do it.
我叫吉姆**自我管理**，但他不知道該怎麼做。

✱ 動詞解析

watch oneself 照字面上的意思是「注意自己」，但也不全然是這麼白話的意思。watch oneself 引申的意思就是「自我管理」，甚至有「小心謹慎」的意思。

A
B
C
D
E
F
G
K
L
M
P
R
S
T
W

wear 穿；磨損

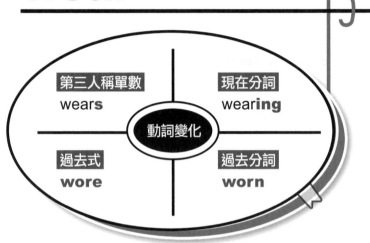

第三人稱單數 wear**s**	**現在分詞** wear**ing**
動詞變化	
過去式 **wore**	**過去分詞** **worn**

常見用法

❶ wear sb. down 使（某人）疲憊

· The stress and the uncertainty **wear** me **down**.
壓力和不確定的感覺**使**我**疲憊**。

· His job really **wears** him **down**. He starts thinking of retirement.
他的工作**讓**他**疲憊**，他開始在想退休的事。

＊動詞解析

> wear sb. down 照字面上的意思看來是「磨損某人」，引申的意思則是「使（某人）疲憊」，通常除了指肉體上的疲憊外，尤其更是指精神上和心靈上的疲乏。

❷ wear on 穿戴

· I can't believe Mary **wore on** an egg-shaped hat at that party; it was too ridiculous.
我不敢相信瑪莉在派對上**戴**了一個蛋形的帽子，看起來太荒謬了。

· She **wore on** her mother's wedding dress on her wedding day; she looked so gorgeous.
她在婚禮上**穿著**媽媽的結婚禮服，她看起來美極了。

＊ 動詞解析

wear on 是指「穿戴上」的意思，這裡的穿戴範圍很廣，從頭到腳都有包括，包含帽子、項鍊、珠寶、耳環、衣服和鞋子等等。另外wear 還可以指擦香水的意思，例如 Did you wear perfume? 就是「你有擦香水嗎？」。

❸ wear out 損壞；穿破

· When I went out today, I found my shoes were **worn out**.
當我今天出門的時候，我發現我的鞋子**破洞**。

· The machine will soon be **worn out** if you kept using in this way.
如果你繼續這樣使用，這台機器很快就會**損壞**。

＊ 動詞解析

之前提到的 wear down 是使人感到疲憊，而這裡提到的 wear out 就是形容將事物感到疲憊，也就是「損壞」或是「穿破」的意思，wear out 通常接的是物而不是人。

work 工作；勞動

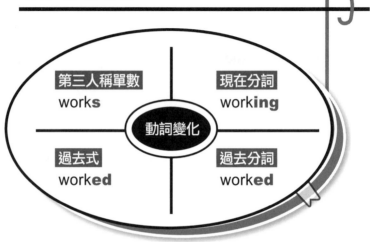

第三人稱單數
works

現在分詞
work**ing**

動詞變化

過去式
work**ed**

過去分詞
work**ed**

 常見用法

① work off 發洩情緒

· He **worked off** his anger by slapping the door.
他藉由摔門**發洩**他的憤怒。

· Mary just broke up with his boyfriend, and she ate a lot to **work off** her sorrow.
瑪莉剛跟男朋友分手，她吃很多東西來**發洩**她的悲傷。

＊動詞解析

work off 是特殊的固定用法，是「發洩情緒」的意思，也有消除壓力的意思，通常是指趕走一些負面的情緒，或是舒展身心的壓力，甚至也有減輕體重的意思。

❷ work on 改善；發展

· We need to **work on** our project in order to make it perfect.
我們必須**改善**計畫好讓它變得完美。

· The citizens want the government to **work on** the environment issue.
市民希望政府**改善**環境議題。

＊ 動詞解析

work on 照在字面上是「在……工作」的意思，因為有特定的目標在工作，所以其實其真正引申的意思是「改善」和「發展」。同義的動詞為 develop，也是很實用的動詞。

❸ work out 成功；有效

· Did the medicine **work out**?
藥有效嗎？

· Our plan really **works out**; now everyone is concerned about environmental protection.
我們的計畫**成功**了，現在大家都對環保很關心。

＊ 動詞解析

常常聽到的 works out 是什麼意思呢？其實很簡單，就是「成功」和「有效」的意思。這個用法非常實用，可以指點子、計畫的成功。另外 work out 也有鍛鍊身體的意思。

語研力 E078

英語核心動詞100：
快速掌握關鍵語意，百分百提升英語理解力

作　　者	陳信宇
顧　　問	曾文旭
出版總監	陳逸祺、耿文國
主　　編	陳蕙芳
執行編輯	翁芯琍
美術編輯	李依靜
法律顧問	北辰著作權事務所

印　　製	世和印製企業有限公司
初　　版	2023 年 03 月
出　　版	凱信企業集團 - 凱信企業管理顧問有限公司
電　　話	（02）2773-6566
傳　　真	（02）2778-1033
地　　址	106 台北市大安區忠孝東路四段 218 之 4 號 12 樓
信　　箱	kaihsinbooks@gmail.com

定　　價	新台幣 360 元 / 港幣 120 元
產品內容	1 書

總 經 銷	采舍國際有限公司
地　　址	235 新北市中和區中山路二段 366 巷 10 號 3 樓
電　　話	（02）8245-8786
傳　　真	（02）8245-8718

國家圖書館出版品預行編目資料

英語核心動詞100：快速掌握關鍵語意，百分百提
升英語理解力／陳信宇著. – 初版. – 臺北市：凱信
企業集團凱信企業管理顧問有限公司, 2023.03
　　面；　公分
ISBN 978-626-7097-60-1(平裝)

1.CST: 英語 2.CST: 動詞

805.165　　　　　　　　　　　112000522